부사스럽게

부사 사전

yeondoo 엮음

yeon
doo

차례

펴내는 말

그러니까 이 책 『부사스럽게 부사 사전』은 2021년 6월 8일부터 10월 8일까지 매주 화요일과 금요일에 북이오buk.io/kr와 출판사 yeondoo 홈페이지https://sites.google.com/view/yeondoo에 연재한 글 서른 꼭지를 엮은 것이다.

2021년 5월 중순 어느 날, 북이오 강민수 대표께서 말했다. "김 대표는 아는 필자가 많을 텐데요?"라는 한마디가 계기가 되어 책 한 권에 여러 사람의 글을 담아보자는 기획을 하게 됐다. 이름하여 '옴니버스 책'을 만들고 싶었다.

아는 필자는 많은데 한 가지 주제를 잡는다는 건 쉽지 않았다. 그 무렵에 출간한 『걷고 보고 쓰는 일』의 저자 장청옥, 강정화, 조다희 님을 메신저창에 소환해 이런저런 이야기를 나눴다. 세 선생님과 대화하다 보니 낱말이라는 게 나왔고 내 생각을 보태 품사 '부사'를 주제로 삼기로 결정했다.

'몇 분께 원고를 청탁할까?', '원고료는 일일이 어떻게 처리할까?', '어디에 연재할까?' 따위의 기획안은 꼬리에 꼬리를 물었다. 잠시 후 답을 찾았다. '서른 분께 송구스럽지만 고료 없이 북이오와 yeondoo 홈페이지에 연재한 다음 종이책으로 출간하자.'

북이오 강 대표님께 연재를 허락 받고 난 후 6월 초부터 저자 섭외와 원고 청탁에 들어갔다. 원고 한 꼭지지만 고료 없이 원고를 청탁하려니 너무나도 죄송스러운 마음에 저자들께 선뜻 연락하기가 쉽지 않았다.

오래 알고 지낸, 믿음 가는, 든든한 이택광 교수께 제일 먼저 문자 메시지를 보냈다. 당시 이 교수님은 연구년으로 외국에서 공부하고 계셨다. "선생님, 안녕하세요. 제가 새로 기획한 원고가 있는데요. 품사 부사에 관해 자유롭게 글 한 꼭지를 써주세요. 내용, 형식, 분량이 모두 정해지지 않았어요. 그런데 죄송하지만 고료는 드리지 못해요. 3개월간 연재한 후 종이책으로 예쁘게 만들게요. 선생님의 원고 한 편을 받을 수 있을지요."

두근두근. 심장이 두 근 반, 세 근 반. 이택광 교수께 원고 청탁 문자 메시지를 보내놓고 조마조마하며 답장을 기다렸다.

"누구 말씀인데. 재미있는 기획이네요. 어떨지 모르겠지만 써볼게요."라고 30분 뒤에 회신이 왔다.

이때 기분은 그 누구도 모른다. 나만 안다. 세상을 다 얻은 듯했다. 세상을 다 가진 듯했다. 참으로 감사했다. "고맙습니다.", "사랑합니다."라는 말이 절로 나올 수밖에 없었다. 이 교수님의 답장 덕분에 용기를 얻어 쭉쭉 이어서 서른 분께 순조롭게 원고 한 편씩을 청탁할 수 있었다. 이메일 발송으로, 전화 통화로, 메신저 채팅으로 다양하게 연락하고 회신을 받았다.

한 분 한 분이 소중하고 감사했다. 섭외하고 청탁하는 동안 즐겁고 행복했다. 그간 편집자로 산 게 보람차고 뿌듯했다.

드디어 저자를 섭외하고 원고를 청탁하는 것을 마치고 〈부사스럽게〉라는 이름으로 연재를 시작했다. 문화 평론가, 그림 작가, 북 디자이너, 건축 비평가, 도서관 사서 등 다양한 직업을 가진 서른 분이 선택한 품사 '부사'는 우연인지 필연인지 신기하게도 똑같은 게 없이 다채로웠다.

애초 기획대로 내용, 형식, 분량이 정해진 게 아니었듯이 서른 꼭지에는 시도, 소설도, 수필도, 학문적 글쓰기도 있었다. 한마디로 종합선물세트였다. 어린 시절에 기쁜 날에만 받던 그것, 종합선물세트 말이다.

연재 〈부사스럽게〉를 무탈히 마치고 이 책 『부사스럽게 부사 사전』을 펴낸다. 기쁘기 그지없다. 고맙습니다.

강정화, 견혜경, 곽능희, 구슬아, 김웅기, 김주현, 김지은, 남상욱, 문광용, 박직연, 신경숙, 신량, 신이연, 심재범, 안우광, 염운옥, 윤성의, 이석, 이종건, 이택광, 임지영, 장청옥, 전윤혜, 정명섭, 정하린, 정한아, 조다희, 주형일, 차주경, 최창대. (이상 가나다순)

고맙습니다.

출판사 yeondoo 엮음

얼기설기 얽힌 관계

김지은
—
문학 연구자

겹겹이

여러 겹으로

글자 만든이 • 김수민

샤워볼을 바꿨다. 샤워볼 교체와 같은 시시콜콜한 이야기를 주변 사람에게 말하지는 않는다. 그 누구에게도 말하지 않았기에 나만 아는 작은 일상의 변화고 소소한 변화가 불러오는 작은 설렘이다. 여태껏 써온 익숙한 샤워젤이 조금 남아 있지만, 괜스레 새로운 샤워젤을 꺼내어 샤워볼 위에 작은 원을 그리며 쭉 짜본다. 여름을 닮아 산뜻한 로즈마리향이 욕실에 퍼져나가고 내 몸을 감싸리라 기대해 보지만, 거품이 나지 않는다. 겹겹이 뭉쳐 만들어진 샤워볼은 샤워젤을 흡수하기에 급급하고 자기 밖으로 거품을 뱉어내지 않는다. 거품이 없기에 향의 퍼짐도 없다. 샤워볼에 기댄 작은 설렘은 이내 성가심으로 변모한다.

귀찮음을 이겨내고, 다시 한번 샤워볼에 물을 적셔 그 안에 숨겨진 젤이 몽글몽글한 거품과 풍부한 향으로 모습을 드러나길 바라며 비벼 보지만 큰 소득은 없다. 자세히 들여다보니 샤워볼의 간격이 너무 촘촘하다. 망 사이사이는 있는 힘껏 서로에게 붙으려는 듯 촘촘하다 못해 빽빽하다. 오밀조밀 엮인 샤워볼은 어떠한 잡아당김에도 흐트러짐 없는 모양새를 유지하지만, 바로 그 견고함이 망과 망 사이에 물과 젤과 거품과 향의 흐름을 방해한다. 자기 안으로 빨아들인 것을 더 깊이 침잠할 뿐 정작 뱉어내지는 못하는 이 샤워볼은 실패작이다.

망과 망 사이의 적당한 간격이 핵심이다. 그 간격이 너무 멀다면 연결은 끊어지거나 잊힐 것이고, 그 간격이 너무 좁다면 서로를 잠식하여 본래부터 하나인 체할 것이다. 사람의 관계도 그러하다. 연결되어 있되 서로의 거리를 유지하고 또 그 거리에서 만들어지는 의미를 존중할 때 비로소 '나'는 '나'로, '너'는 '너'로 함께 있을 수 있다.

프랑스 페미니스트 철학자 루스 이리가레Luce Irigaray가 성차의 윤리를 설명할 때 두 사람 간의 간극interval이 중요하다고 거듭 강조한 이유도 이와 같다. 두 사람 사이에는 그들이 설령 서로 사랑하는 연인이라 할지라도 독립된 주체로 존재하면서 동시에 함께 나아갈 수 있도록 만드는 거리가 필요하다.

그 거리는 자신의 영역은 허용하지 않은 채 상대를 먼발치에서 관찰하고 분석하고 재단하는 단절의 거리가 아니라 상대의 목소리를 내 목소리로 덮어씌우지 않고 온전히 경청하기 위한 존중의 거리다. 이리가레의 저서 제목이기도 한 '둘이 되기To Be Two'는 사랑의 결실이 두 존재가 녹아든 완전무결한 단 하나의 사랑이 아니라 서로의 간극을 유지한 채 둘로 존재하는 과정 자체임을 보여준다.

적당한 거리 속에서 얼기설기 얽히는 관계를 꿈꾼다. 그 관계는 어딘가 엉성하고 조잡하게 느껴져 내 삶을, 거창하게 말하자면 우리네 삶을 지탱할 수 없는 것처럼 보일 수도 있다. 그러나 오히려 얼기설기 얽힌 관계는 소원함 속에서 스멀스멀 올라오는 서운함을 피하면서, 감정 탈진을 야기하는 피로와 숨 막힘으로 이어지는 강요와 집착을 피하는 하나의 대안이 될 수 있다. 구태여 연대나 유대라는 말을 쓰지 않더라도 이리저리 뒤섞여 얽힌 작은 연결들이 겹겹이 쌓이고 뭉쳐졌을 때 내 삶을 지탱해주는 보이지 않는 존재들을 감지할 수 있다.

한때 도미노 놀이가 큰 유행이었던 적이 있다. 어느 TV 프로그램은 친구와 가족과 연예인이 함께 동고동락하며 가로세로 수백 미터에 달하는 도미노 쌓기 과정을 보여주며 흥행하기도 했다. 수천, 수만 개에 이르는 도미노 블록이 자신의 색깔과 모양을 뽐내면서 동시에 한데 모여 경이로운 장관을 형성할 수 있었던 건 준비 과정에서 하나의 블록이 쓰러졌을 때 전체 블록이 쓰러지지 않게끔 마련해 놓은 도미노 간격 덕분이었다. 이런저런 몽상을 하며 포개져 있지만, 하나로 환원되지 않고 적당히 벌어진 간격 속에서 조화를 바라는 부사, 겹겹이를 마음에 품어 본다.

지는 싸움

신이연

—

독립 기획자

· 굳이

고집을 부려 구태여

글자 만든이 • 김강한

"굳이?"

무언가를 시작하려 할 때마다 제 행동을 반 박자쯤 늦추게 하는 부사가 있습니다. 이 단어는 이 글을 쓰는 지금도 계속해서 제 머릿속을 맴돌고 있습니다. '굳이'. 내가 지금 귀중한 종이를 낭비해 가면서까지 굳이, 이 글을 책으로 남겨야 할 이유가 있는 것일까. 굳이…. 하지만 생각해보면 지금까지 제가 해온 일들은 또 이 '굳이'라는 단어와 꽤 잘 어울리기도 합니다. 작품을 만들고, 전시를 열고, 그것에 대해 글을 쓰고, 그것을 또 책으로 만드는 일. 이 일들이야말로 범박하게 말하자면 하지 않아도 먹고사는 데에는 전혀 지장이 없는, 예술이라는 이름으로 멋지게 포장된 굳이 하는 일종의 낭만적 일이기도 하니까요. 하지만 또 돌이켜보면 어떤 행동을 '굳이' 할 때에는 '그런데도'라는 다소 비장한 심정이 동반되는 것도 같습니다. 그런데도 전시를 만드는 동안 만큼은 누군가와 늘 함께 하고 있기 때문일지도 모르겠습니다. 굳이 하지 않아도 될 일들에 대해 구태여 이야기 나눌 상대가 있다는 사실은 언제나 운치 있습니다.

시각 예술 작가 윤하민은 제 '굳이'를 '기꺼이'로 만들어주는 동료 예술가입니다. "여럿이 만드는 작품은 있는데 왜 여럿이 쓰는 소설은 없을까?" 그와 굳이 이런 이야기를 나누다가, 또 구태여 미술과 문학의 차이점은 뭘까에 대해 토론하다가, 좋아하는 미술가와 소설가에 관해 이야기하다가 우리는 불현듯 어느 노老 소설가를 찾아갔습니다. 그리고 셋이 함께 전시를 만들었습니다. 이후에 소설가가 써낸 짧은 소감문은 이렇게 시작합니다.

> "지난여름, 미술과 문학을 전공한 두 젊은이가 나를 찾아왔다. 그들은 카메라 기사를 동원했다. 나는 오리무중에 빠졌다…."

애꿎은 소설가를 오리무중에 빠뜨려 놓고, 우리는 홀연 서울로 돌아왔습니다. 그 기록을 (또 굳이) 여기에 남겨봅니다. 전시 제목은 〈지는 싸움〉*이었습니다. 지는 싸움. 누구나 이기기 위해 싸웁니다. 그러나 알다시피 싸움이란 것에 일단 가담하게 되면 선택의 여지는 없습니다. 이기거나 지거나 둘 중 하나입니다. 싸우는 자의 절반은 진다는 것. 우리 모두 이 사실을 알고 있습니다. 알면서도 뛰어들었으니 잘 따지고 보면 절반 이상의 사람들은 지기 위해 싸우는 셈입니다. (맙소사, 굳이?) 이런 식의 지는 싸움은 사각의 링, 경기장에서뿐 아니라 어느 곳에서든 존재해왔습니다. 우리는 도처에 놓인 지는 싸움들을 전시장으로 옮겨왔습니다. 일평생을 글쓰기와 씨름해온 소설가와 협업해 그의 삶과 그의 문학 세계를 이미지로 옮기는 작업에 많은 주의를 기울였습니다. 우리는 스포츠는 말할 것도 없거니와 번역 작업, 이미지 낭독, 흙으로 동상을 빚는 행위 등이 '지는 싸움'의 대표적 예라고 생각했습니다. 우리는 여러 작업의 소재를 통해 한 소설가의 작품 세계를 나름의 방식으로 수용하고 해석하기를 반복했습니다. 굳이 왜 그랬을까, 하는 생각이 지금 또다시 뇌리를 엄습해오지만….

• **윤하민** 미디어 아티스트. 시각 예술 작가이자 연구자. 2012년 〈누가 사냥을 하든지 간에〉(아트스페이스 풀)를 선보이며 작품 활동을 시작했다. 개인전으로는 2013년 〈당신의 거울이 될 거예요〉(관훈갤러리), 2017년 〈If 6 Was 9〉(송은 아트큐브), 2019년 〈당신에 대하여〉(SeMA창고) 등이 있다. 연세대학교 미디어아트 석사 과정에 재학 중이다. 2017년부터 시각예술그룹 '헤비급'을 결성해 다양한 장르의 예술가와 협업한 전시를 선보이고 있다.

막걸리를 함께 마시며 그가 우리에게 건넨 이야기를 생각해 보니 그때 일들이 또 그렇게 구태여 고집부린 일만은 아니었던 것 같기도 합니다.

그는 매일 밤 까마귀에게 간을 뜯기는 형벌을 받게 된 어떤 신에 관한 이야기를 들려줬습니다. 전날 저녁에 뜯긴 간은 다음날 낮이면 말끔히 재생되고, 그리고 오후가 되면 새로 생겨난 간을 뜯기 위해 다시 까마귀가 왔다는 이야기. 또 다른 신화도 있었습니다. 자신의 몸보다 큰 돌을 죽어라 굴려 정상까지 올려놓으면 어느 고약한 신이 툭 밀어서 다시 지상으로 굴려 보냈다는 이야기. 아마 예술에 관한 이야기였겠지요. 그의 이야기를 가만 듣다 보면 예술적 성취는 무소불위고, 작품과 싸운다는 것은 벌써부터 절망적입니다. 하지만 그런데도 그는 그 싸움을 구태여 멈출 생각이 없어 보였습니다.

> "지는 싸움을 하는 것은 어리석지만, 바로 지기 때문에 싸워야 할 싸움도 있을 것이다. 세상에 약은 일만 할 수는 없다. 지는 싸움마저 없으면 아예 싸움이 없을 것이다. 싸움이 있는 것만으로도 얼마나 오지냐?" **

우리는 그가 견고하게 쌓아낸 지는 싸움에 깊은 감명을 받았습니다. 그가 해온 싸움과 우리가 해온 싸움을 비교하는 과정은 뜻깊은 시간이었습니다. 물론 그가 느끼는 싸움과 우리가 느끼는 싸움이 같을 수는 없다고 생각합니다. 이것은 당연한 이야기입니다. 우리는 그것을 안다고 말하면서 대신 질 수밖에 없는 이 싸움에 누구보다 성실한 자세로 임하려 했습니다. 서정인 소설가와 만나지 못했다면 우리의 여정은 시작되지 못했을 것입니다. 윤하민 작가와 제 지는 싸움은 지금도 여전히, 굳이, 기꺼이, 그렇게 진행 중입니다.

*이 글은 시각예술그룹 '헤비급'의 전시 〈지는 싸움〉(여인숙갤러리, 2017)의 내용을 기반으로 쓰였음을 밝힙니다.

•• **서정인** 서울대학교 영어영문학과를 졸업했다. 현재 전북대학교 영어영문학과 명예교수다. 1962년 「후송」이 사상계 신인상에 당선돼 등단했다. 작품집 『강』(1976), 『가위』(1977) 이후 연작 소설집을 포함해 장편 저서 7권과 작품집 8권을 출간하는 등 현재도 활발하게 집필하고 있다.

지금 여기에서

문광용
—
문명비평가

·그대로

그대로

변함없이 그 모양으로

글자 만든이 · 김유리

지금 여기에서 나는 행복하네, 온전하네.
현실의 나는 부조리하다는 신호를 자꾸 보내지만,
원래의 나는 행복하네.
나는 매일 사라지고 나는 매일 태어나네.
매일 사라지는 것도 지금, 매일 태어나는 것도 지금,
여기라네.
어제의 나는 오늘의 내가 아니고
오늘의 나는 내일의 내가 아니라네.
나는 매일 새로워진다네.

내가 태어나기 전에 동물이 있었고,
동물이 태어나기 전에 식물이 있었고,
식물이 태어나기 전에 바다가 있었고,

바다가 생기기 전에 산이 있었고,
산이 생기기 전에 지구가 있었다.

지구가 생기기 전에 태양이 있었고,
태양이 생기기 전에 우주가 있었다.
우주의 시작은 빛과 소리다.
빛과 소리는 내 원초적 조상이다.

언젠가는 나도 빛과 소리로 돌아갈 것이다.
그때까지는 식물의 삶, 동물의 삶,
인간의 삶을 이어갈 것이다.

빛과 소리의 존재가 식물이나 동물 혹은 인간의 육신에 갇힌 것은 분리의 체험이자 강렬한 체험이다. 이 체험은 고난의 느낌으로 시작해 다름의 느낌으로 넘어와서 결국 모두가 하나임을 다시 확인하는 시간으로 넘어간다. 모든 것이 하나임을 온전히 느끼는 때가 우주의 빛과 소리로 다시 돌아갈 때다. 다시 돌아가는 때의 빛과 소리는 애초의 빛과 소리에서 더 나아간 존재다. 이때 우주는 순환하면서 더 나아간다.

자연의 섭리에서 보자면 혹은 신의 시선에서 보자면 이 세계는 온전하고 완벽하다. 인간의 육신에 갇힌 나란 존재는 이 세계가 온전하다는 것을 희미하게나마 의식한다. 그러나 육신의 한정된 기능과 삶은 현실적으로 이 세계가 부조리하다고 느낀다. 왜 누구는 태어나자마자 부자고 누구는 태어나자마자 빈자인가. 왜 누구는 태어나자마자 병이나 사고로 이 세상을 떠나고 왜 누구는 장수하는가. 왜 누구는 별다른 노력이 없이도 잘 사는데 왜 누구는 죽도록 노력해도 힘든 삶을 이어가는가. 이 세계를 온전히 이해하지 못하는 의식의 영역에서 삶이란 부조리할 뿐이다. 그러나 모든 결과에는 원인이 있고 그 원인에는 그 이전의 원인이 있다. 내 의식이 신의 의식만큼 넓어진다면, 우주의 의식만큼 광대하다면 이 원인과 결과의 사슬을 모두 펼쳐 보일 수 있을 것이다. 그때까지는 나란 인간의 삶과 세계가 부조리하다고 느낄 수밖에 없다.

절대적으로 보자면 부조리는 없다. 부조리하다고 느끼는 인간의 의식만이 있을 뿐이다. 부조리하지 않은데 왜 부조리하다고 느낄까를 근본적으로 탐구한다면 그는 철학자가 될 것이고, 부조리한 것처럼 보이는 세상을 바꾸고자 하는 이는 혁명가가 될 것이고, 부조리해 보이는 세상을 함축적으로 묘사하는 존재는 문학가나 예술가가 될 것이다. 이 모든 활동은 육신에 갇힌 한정된 의식을 우주적으로 넓히기 위한 귀환 정신의 산물이지만, 절대적 섭리 혹은 신의 시선으로 보자면 한계가 있을 수밖에 없다. 그러나 그 한계를 뛰어넘기 위한 지속적 진화는 우주의 흘러가는 시간만큼 길게 주어진다. 이 진화의 도약 덕분에 진화의 발전은 어느새 우주로 합류될 것이다. 우주와 합류하기 위해 정신적 진화가 불가피하다고 우주는 육신을 지닌 인간에게 늘 신호를 보낸다. 그가 인식하든 못하든. 우연한 사건으로, 필연적 사건으로.

지금 여기에서 사는 의미에 대해 가장 훌륭한 경구는 익히 아는 다음과 같은 구절이다.

> "과거는 이미 지났고 미래는 아직 오지 않았네.
> 그러므로 지금 여기가 바로 선물인 것을."

지금 여기에서 '나'는 우주의 시작부터 오늘까지 이어진 결과로서의 '나'이므로 이 과정을 이해할수록 '나'는 더욱 온전에 가까워진다. 사실은 원래 온전했으므로 온전하지 못하다고, 부조리하다고 느끼고 있는 내 의식을 원래 온전한 나로 더 인식하게 되는 과정에 있을 뿐이다. 그러므로 지금 여기에서 벗어날수록 나는 더욱 부조리한 삶에 가까워질 것이고 지금 여기에 더 충실할수록 온전한 삶에 가까워질 것이다.

지금 여기에서 나는 우주의 시작부터 이어진 원인과 원인이 이어진 결과물의 총체이므로 지금 여기에서 나를 외면하지 않고, 폄훼하지 않고, 무시하지 않고, 비교하지 않고, 나 자체를 그대로 이해하고 바라보고 직시할수록 나는 나다워진다. 실존의 가치는 나 자체를 그대로 사랑하는 데에서 시작한다. 나 자체를 그대로 사랑하다 보면 어제의 나가 아니고 오늘의 나는 내일의 나가 아닐 것이다. '매일 생성되는 나'는 우주에 더 가까워지는 보편적 나로 나아가고 있을 것이다. 실존의 존재는 이로써 본질의 존재로 다가가는 우주 귀환의 요건을 갖추게 된다.

이 모든 것의 출발은 지금 여기에서 나 자체를 그대로 사랑하는 삶이다.

에르고와 이기투르

이택광
—
문화 비평가

그러므로

앞 내용이 뒤 내용의 이유나 원인 또는 근거가 될 때 쓰는 접속 부사

글자 만든이 · 박규현

내가 가장 사랑하는 부사는 그러므로다. 이 부사만큼 우리의 '있음'을 드러내는 말은 없기 때문이다. 그러므로는 접속 부사다. 말하자면 이 부사를 통해 우리는 서로를 연결한다. 이 연결이 무엇일까? 바로 관계 맺음이다. "그러므로 우리는 하나이자 또한 여럿이다." 이렇게 접속 부사가 밝혀 주는 관계에 자신을 놓음으로써 우리는 존재를 인식할 수 있다.

스토아주의에서 그러므로는 두 가지 표현을 가진다. 하나는 에르고ergo고, 다른 하나는 이기투르igitur다. 에르고는 철학자 데카르트를 통해 존재 증명의 부사로 거듭난다. "생각한다. 그러므로 나는 존재한다.cogito, ergo sum."는 유명한 명제에서 핵심의 말은 생각도 존재도 아닌 그러므로다. 생각과 존재라는 서로 동떨어진 범주를 연결하는 종합이 이 부사를 통해 일어난다. 이런 확고한 부사보다도 더 유동적이고 모험적인 부사가 바로 이기투르다.

스토아주의에서 이기투르는 에르고보다 훨씬 더 느슨하고 약한 접속 부사다. 라틴어 에르고는 "위로 또는 바깥으로 확장한다.e-rego"는 의미를 내포한다. 이 확장은 공간적 증대고 계량이 가능하다. 그러나 이기투르는 3인칭 시점으로서 "이끈다agere"는 함의를 지니는 접속 부사다. 그 어원은 "양가성amgibuitas"이라는 라틴어에 있다. 물론 이 양가성은 애매모호한 불확정성을 가리킨다. 이기투르의 종합은 에르고처럼 서로 다른 것을 하나로 만드는 연접이 아니라 서로 다른 것을 다르게 결합하는 이접이다. 에르고가 견고한 존재의 확실성을 의미한다면, 이기투르는 애매모호한 존재의 양가성을 의미한다. 다 같은 그러므로지만, 에르고와 이기투르는 서로 충돌하는 부사다.

태어나는 순간부터 우리는 에르고와 이기투르라는 존재의 두 상태를 부여 받는다. 에르고가 '나'에 초점을 맞추는 부사라면, 이기투르는 관계에 더 눈길을 주는 부사다. 생각하기에 존재하는 것이 아니라 존재하기에 생각한다는 깨달음이 이기투르에 숨어 있다. 그 존재가 무엇인지 해명하는 것이 이를테면 철학과 과학일 것이고, 그 존재를 느끼고 실행하는 것이 예술일 터다. 삶을 설명해준다는 점에서 철학이든 과학이든 예술이든 다 부사의 성격을 띤다. 가령 나무와 숲을 보자. 개체로서 나무는 한 그루씩 셀 수 있다. 그러나 이렇게 한 그루씩 셀 수 있는 나무가 군집을 이루면 숲으로 바뀐다. 나무의 그루 수가 많다고 무조건 숲이라고 부를 수 있는 것은 아니다. 이런 변화는 단순한 양질 전환의 차원이 아니다. 무조건 양이 불어난다고 질적 변화가 일어나는 것이 아닌 셈이다. 잘려서 목재가 된 나무는 아무리 많아도 숲이 아니다. 만약 그 목재가 예술 작품으로 거듭난다면 그 나무는 또 다른 존재로 변한다.

이처럼 나무와 숲은 속성상 비슷해도 서로 다른 범주다. 이 다른 범주의 차이를 인식하게 해주는 접속 부사가 바로 그러므로다. 나는 누구의 아들이고 딸이자 또한 누구의 아버지자 어머니다. 우리는 개인이자 국민이면서 또한 그 어디에도 속하지 않는 데모스다. 또한 우리는 이성이라는 독특한 인식 능력을 가진 인간이면서 동시에 다른 동식물과 서식지를 공유하는 포유류다. 이 공생 관계는 신체 외부의 관계를 넘어서서 신체 내부에도 존재한다. 우리 신체 내부야말로 수많은 미생물이 공생하는 생태계다. 우리를 고등 생물로 도약하게 만들어준 미토콘드리아는 우리 신체에 거주하는 이방인이다. 이 이질성의 정점에 인간이라는 에르고의 상태가 있다. 과학의 인식조차도 에르고보다는 이기투르의 접속을 통해 훨씬 '창조적 발상'을 얻게 마련이다. 존재는 양가성을 띤다. 둘 중 하나를 선택해서 나머지를 없는 것으로 생각하는 순간 우리는 외눈박이로 전락할 것이다. 둘 중 하나로 전락하지 않고 둘 다를 아우르는 이기투르의 접속, 그 제3의 부사가 우리 삶을 더욱 풍성하게 만들어줄 것이다.

멍하게

이석

—

일본 문화 연구자

급작스레

미처 생각할 겨를이 없이 매우 급하게 일어난 데가 있게

글자 만든이 • 박수희

먼 옛날 중앙을 다스리는 왕의 이름은 혼돈渾沌이었다고 한다. 어느 날 남해와 북해의 왕이 놀러 왔기에 혼돈은 융성하게 이들을 대접했다. 이에 남해 왕과 북해 왕은 감격해 말했다. “혼돈께 구멍 일곱 개를 선물하리라.” 구멍 일곱 개란 두 눈과 두 귀, 두 콧구멍과 입 하나를 가리키는 것으로, 혼돈은 이목구비를 갖추지 못한 것이다. 남해 왕과 북해 왕에 따르면 인간은 모두 구멍 일곱 개가 있어 보고 듣고 쉬고 먹을 수 있는데 우리 혼돈은 하나도 이를 지니지 못했으니 안타깝지 아니한가. 그리하여 남해 왕과 북해 왕은 혼돈의 얼굴에 하루에 한 구멍씩, 일주일에 걸쳐 구멍 일곱 개를 뚫어줬다. 그리고 구멍 일곱 개가 완성된 마지막 날에 중앙의 왕 혼돈은 죽었다.

『장자』「내편」의 대미를 장식하는 일화다. 남해 왕과 북해 왕이 혼돈을 위한다고 구멍 일곱 개를 뚫은 행동이 오히려 혼돈을 죽이는 결과를 낳은 것이다. 인간에게 구멍 일곱 개가 지니는 가치는 크다. 사람에게 삶을 묘사하라고 하면 보통 구멍 일곱 개와 연관된 이야기를 꺼낼 정도로 우리 삶에서 일곱 구멍이 갖는 비중은 절대적이다. 그런데 장자는 구멍 일곱 개와 무관한 무언가가 세계의 중앙에 있음을 설파한 것이다.

만약 이 혼돈을 오늘날 쉽게 풀이한다면 어떤 말이 어울릴까. 내 머릿속에 떠오르는 단어는 '멍하다'다. 멍하다의 사전적 의미는 "정신이 나간 것처럼 자극에 대한 반응이 없다."다. '자극에 대해 아무런 반응이 없는 것'처럼 눈, 귀, 코, 입의 일곱 구멍이 없는 혼돈을 잘 표현한 말이 있을까.

그렇다면 혼돈을 '멍하다'의 명사형인 '멍함'이라고 번역하는 게 좋을까. 문법을 따지자면 혼돈은 명사기 때문에 아무 문제도 없는 듯하다. 그런데 아무 자극도 반응도 없는 미지의 무엇이 저기 있다고 할 때 이를 명사로 표현하는 게 과연 타당할까. 명사는 사물의 이름이다. 명사로 표현되는 대상은 이름이란 테두리 안에 갇히고 만다. 그런데 혼돈은 눈, 귀, 코, 입으로 분간되지 않는 애매모호하고 어정쩡한 무언가다. 여기에 이름을 붙인다면 오히려 중앙의 왕 혼돈이 가진 능력을 과

소평가하는 결과를 낳지 않을까. 그렇다면 '멍한'이나 '멍하다'란 형용사가 어울릴까. 그런데 '멍한'이나 '멍하다'는 꾸밈을 받는 명사나 주어를 저절로 연상한다는 점에서 여전히 불만족스럽다. 내가 원하는 것은 이름과 주체가 온전히 사라진 상태. 딱딱하고 고정된 그 무엇도 기억할 수 없는 바로 그 상태다.

그럼 '멍하게'라는 부사어는 어떠한가. 부사어는 명사나 주어가 아니라 그 움직임이나 성질과 관계를 맺는다. 이에 이름과 주체보다 훨씬 자유로운 성격을 가진다. 이를 그대로 『장자』의 일화에 대입하면 이런 이야기가 가능할 것이다. 우리의 삶 한가운데에는 '멍하게'가 있다. 그런데 밖에서 난입한 불청객들이 일곱 구멍을 뚫으라고 아우성이다. 이것만 있으면 남처럼 살 수 있다고, 사람 구실을 할 수 있다고. 결국 '나'를 위한다는 이유로 그네들은 폭력적으로 가슴 한가운데를 뚫어버린다. 그리고 우리는 우리를 잃어버린다.

현대 사회에서 사람들이 진정 원하는 것이 무엇일까. 기술과 산업의 발달로 일곱 구멍과 관련된 자극은 갈수록 발달하고 풍성해진다. 거기에 호응해 사람들의 반응도 더욱 예민하고 민첩하게 바뀐다. 그런데 문제는 그 가운데 내가 지친다는 점이다. 항상 생각하고 표현하고 움직이는 와중에 내가 자극을 원하는 것인지 혹은 밖의 자극에 내가 놀아나는 것인지 구분이 안 된다.

이런 순간이 쌓일수록 사람은 '멍하게' 있고 싶다. 우리가 말하고 뱉고 밖으로 드러내는 것으로 우리의 개성이 결정된다고 한다. 개성이란 결국 우리가 표현하는 것이지 안에 자리 잡은 것들은, 다시 말해 당신들 앞에 내놓지 못하는 마음속 무언가는 아무것도 아니란다. 그러나 갈수록 사회에서 자극이 격렬해지고 표현을 강요할수록 깨닫게 된다. '정신이 나간 것처럼 아무런 자극이나 반응이 없게' 멍하게 있는 내가 바로 '나'라는 것을.

오해를 사지 않기 위해 말하지만 '멍하게' 있는 것과 명상은 다르다. 명상은 정신을 집중해 지금보다 심원한 경지에 오르고자 하는 수련 방법이다. 이에 반해 '멍하게' 있는 것은 있는 그대로 미완성의 나를 포용하는 행위다. 이른바 "나는 아무 생각이 없다. 왜냐하면 아무 생각이 없기 때문이다."라는 말이 나타내는 무방비, 무대책, 무책임의 방심 상태다.

이렇듯 멍하게 있는 우리에게 정신 차리라고, 밖에 나오라고,

소통하자고 말하는 꼰대는 반드시 등장한다. 이들을 경계하라. 어떤 미사여구를 늘어놓는다고 하더라도 그들은 어쩔 수 없는 남해 왕과 북해 왕이기 때문이다. 『장자』에서 혼돈을 죽인 남해 왕의 이름은 숙儵으로 '빠르게', '잠시'를 뜻한다. 또 북해 왕은 홀忽이란 이름인데 여기에는 '급작스레', '갑자기'란 의미가 있다. 오늘날처럼 '빠르게', '급작스레' 움직이는 이들이 늘어난 세상, 우리 가슴속 깊이 자리한 혼돈을 지키기 위해서는, 내가 진정 '나'이기 위해서는 '멍하게'라는 단어를 소중히 여기지 않으면 안 된다. 멍하게 그렇게.

기꺼이, 삶

강정화
—
인문학 연구자

•
기
꺼
이

기꺼이

마음속으로 은근히 기쁘게

글자 만든이 • 김강한

무서운 게 많아졌다. 원래도 겁이 많았지만, 특히 내 몸에 대한 걱정이 많아졌다. 아프기도 싫고, 다치기도 싫다. 죽는 건 제일 싫다. 안 하던 걷기 운동도 열심히 하고, 건강 검진도 빼놓지 않고 받는다. 건널목을 지날 때는 길을 다 건널 때까지 차도를 살피고 또 살핀다. 혹여 자동차나 오토바이에 부딪히진 않을까, 온 신경을 곤두세운다. 죽지 않고 오래오래 살아야겠다는 생각.

슬픈 것도 많아졌다. 눈물이 많은 편도, 그렇다고 적은 편도 아니었다. 문학을 공부하는 사람치고 감정이 무디다고 생각했다. 그런데 눈물샘에 문제가 생긴 듯 책을 읽다가, 텔레비전을 보다가, SNS 화면을 내리다가 눈물 쏟는 일이 잦아졌다. 수업하다가 조금이라도 슬픈 내용이 나오면 목소리가 가늘게 떨린다. 그럴 때면 화들짝 놀라 목소리를 가다듬이는다. 눈물을 삼키니 콧물이 줄줄 흐른다. 이를 가려줄 마스크가 있어 다행이다.

무섭고 슬픈 게 많으니 삶의 온 순간이 긴장이다. 피곤하다. 내 몸을 건사하는 일이 너무 중요해져서 인생에서 값지다고 여겼던 것을 포기하는 일이 왕왕 생긴다. 오랜만의 만남을 앞두고 코로나 발생 숫자가 높아지면 약속 자체를 무른다. 누군가를 만나 이야기를 나누고, 삶의 즐거움을 찾는 일까지 포기하고 마는 그런 상황.

무섭고 슬프고 피곤하다. 그 무섭고 슬픈 사연이 내 일이 아니었으면 좋겠다는 생각은 이기적일까.

아이를 만나고 내 삶의 많은 것이 변했다. 무섭고 슬픈 일이 많은 이 세상에 겁이 난다. 아무 일도 일어나지 않은 비 오는 오후, 책상에 가만히 앉아 있다가도 눈물이 난다. 너무나 평범하고 소중한 일. 말로는, 글자로는 표현할 수 없을 정도로 지키고 싶은 것이 생겼다. 아이의 곁에서 오래오래 그늘이 되어주고 싶다. 오래오래 살아남아서 아이가 크고, 자라는 과정에서 엄마라는 버팀목 아래에서 실컷 생떼를 부릴 수 있도록 해주고 싶다. 오래오래, 오래오래.

긴장의 하루 끝, 잠든 아이를 한참 들여다본다. 아이의 긴 속눈썹을 건드려본다. 미간을 살짝 찡그리며 뒤척인다. 혹여 더워서 땀이 나진 않을까, 머리카락도 살살 쓸어 내려본다. 사랑하는 존재가 생긴다는 건 참 무서운 일이다. 세상에 무서운 것이 많아지는 일이다. 그래서 순간마다 나는 무섭고 그 짐이 무거워 어깨가 아프다. 부스럭, 잠든 남편이 몸을 뒤척인다. 비슷한 포즈로 자는 남편과 아이를 본다. 소중한 존재가 생긴다는 건 무서운 것이 많아지는 일이다. 삶이 무거워지는 일이다. 그럼에도 기꺼이 무섭고 슬픈 감정을 짊어지고 살 수 있겠다고 생각한다. 이 모든 것을 짊어지더라도 더 많은 것을 얻었기에 기꺼이.

청량하고 과즙 같은
산미가 풍부한
케냐 커피를 위하여

심재범
—
커피 칼럼니스트

꿋꿋이

사람의 기개, 의지, 태도나 마음가짐 따위가 매우 굳센 태도로

글자 만든이 • 최지원

케냐 커피는 독특한 테루아를 바탕으로 발현되는 과즙 같은 산미가 매력적이다. 자몽, 포도, 파인애플 같은 강렬한 향미뿐 아니라 깔끔하고 풍요로운 단맛이 선명하다. 강력한 임팩트, 질감과 애프터까지 케냐 커피는 와인의 왕, 샴페인의 청량감과 유사하다.

케냐 커피의 품질은 2,000미터에 육박하는 재배 고도, 적절한 온도, 인산이 풍부한 토질 같은 지리적 요건 외에도 재배, 가공, 안정적 판매 시스템을 구축한 국가적 지원의 영향이 크다. 특히 스코티시랩케냐커피연구소로 명칭을 변경에서 개발한 SL28, SL34와 같은 품종은 케냐뿐 아니라 스페셜티 커피 업계에도 지대한 영향을 끼쳤다. 코스타리카와 콜롬비아의 일부 농장들이 케냐 커피 품종을 실험적으로 재배했지만, 아직까지는 결과가 아쉽다. 케냐 커피는 더욱 대체 불가능하게 됐고, 뉴크롭새로 수확한 커피 시즌에 스페셜티 커피 로스터들이 양질의 케냐 커피를 찾는 것이 가장 큰 숙제가 됐다.

그러나 안타깝게도 최근 들어 케냐 커피는 질과 양적 측면에서 퇴보하고 있다. 『데일리 네이션』 자료에 따르면 케냐 커피의 생산량은 현대 농업 기술이 발전했는데도 30년간 40퍼센트 이상 감소했고, 스페셜티커피협회 기준 10가지 항목Aroma, Flavor, Acidity, Body, Aftertaste, Uniformity, Sweetness, Cleancup, Balance, Overall을 종합해 80점 이상의 점수를 얻은 양질의 커피를 구하기가 어려워지고 있다.

아프리카의 대표 생두 회사 트라보카의 메노는 위기 의식을 느끼고, 2008년부터 2019년까지 케냐 커피 산지들을 방문해 다음과 같은 문제점을 발견했다. 현재 케냐는 기후 변화의 직접적인 영향 이외에도 커피 메이저들이 주도하는 국제 커피 가격의 하락과 현지 커피 구매 시스템의 퇴보로 상황이 더욱 악화됐다. 케냐의 커피 재배 농가들은 생존조차 어려운 환경이다. 상당수 소농이 커피 농작을 포기하고 있고, 심지어 마약과 같은 환금성이 좋은 작물로 전환하는 경우도 부지기수다.

이에 트라보카는 로번 커피의 피터 무치리, 한국 커피리브레의 서필훈 씨와 함께 구체적 대안을 모색했다. 케냐 니에리 지역의 응다로이니, 강고쵸, 기차타이니 조합이 트라보카에 협조했다. 최종으로 응다로이니 조합이 지원 받게 됐다. 응다로이니 조합의 커피 소농들은 높은 단가의 금액을 선불로 지원 받았고, 조합과 계약한 농학자들이 재배 기술 지원을 시작했다. 스페셜티 커피 업계의 전문가들도 트라보카와 커피리브레의 프로젝트를 관심 있게 살펴보았다. 응다로이니 조합의 실험이 성공한다면 케냐 커피와 아프리카 지역을 넘어 스페셜티 커피 업계 전반적으로 선순환이 되리라는 희망을 가지게 됐다.

그러나 커피 업계가 기대하고 응원하는데도 응다로이니 프로젝트는 작년 말부터 삐걱거리기 시작했고, 2021년 초 트라보카와 커피리브레와 같은 지원 업체들이 공식적으로 실패를 인정했다. 현지 조합의 이사진은 선불금의 지급 유예를 비롯해 장부 조작, 횡령, 사기 등의 혐의로 구속, 재판에 회부됐다. 이러한 비리는 현지 언론도 대서특필했다. 그나마 빠른 시간에 사태가 해결됐고, 농민들의 직접적인 손해 금액이 많지 않았지만, 생산자와 소비자에게 가슴 아픈 현실이다. 특히나 현지의 상황은 더욱 암담하다. 응다로이니 프로젝트에 참

여한 커피 재배 소농들은 기존의 커피 수매상들에게 차별 받기 시작했고, 재정과 기술 지원 없이 홀로서기를 시도해야 했다. 획기적 시스템도 원초적 인간의 비리 앞에서는 당해낼 재간이 없다.

시간이 흘러 올해 6월, 케냐 뉴크롭 샘플을 테스트하던 커피리브레를 비롯한 스페셜티 커피 업체 사이에서 잔잔한 파장이 일고 있다. 케냐 프로젝트 실패 후 기대하지 않았던 응다로이니 조합 주변 기티투, 키라마쿠이, 키앙고테의 커피들이 역대급의 품질이다. 무지개와 같은 과일의 산미와 파인애플, 청포도, 자몽, 황설탕, 진한 초콜릿과 같은 케냐 커피 절정의 매력이 발산됐다. 물론 해당 조합과의 직접적 인과관계를 설명하기 어렵지만, 현지 커피 산업에 전문가들의 노력이 간접적으로나마 영향을 끼쳤으리라 생각한다. 커피 농가를 지원하던 스페셜티 커피 업계의 노력은 이제 장기적으로 선순환이 시작됐다. 참고로 스페셜티 커피 산업의 품질 향상 프로그램은 공정무역 커피와 진행 과정이 다르다. 한국의 아름다운커피를 비롯한 공정무역 업계 역시 케냐와 르완다 등에서 활발히 활동하고 있다. 필드가 다르지만, 다양한 전문가의 노력이 좋은 결과로 이어지기를 응원한다.

마지막으로 케냐 커피의 청량하고 과즙 같은 산미는 아이스 커피로 마실 때 최고로 빛을 발한다. 올해 스페셜티 커피의 아이스 아메리카노는 유난히 맛있을 것 같다. 코로나의 일상을 아슬아슬하게 버티는 한국의 노동자가 꿋꿋이 현실을 인내하는 케냐의 농민들에게 응원의 마음을 전달한다.

그러니까 늘 이렇다

남상욱
—
일본 문학 연구자

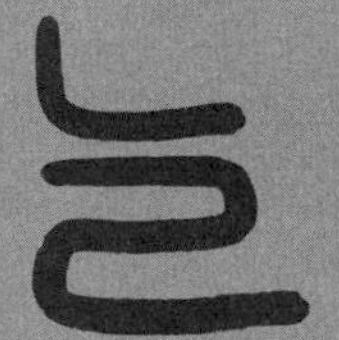

계속하여 언제나

글자 만든이 • 김강한

문제는 늘 시간이었다.

야간 자율 학습이 없는 학교를 다녔던 탓에 고등학교 시절에는 남는 게 시간이었다. 고등학생이 되면 도시락을 두 개씩 싸 가지고 가는 게 당연했던 쌍팔년도였는데 오후 3시에 하교하는 특권을 받고 어리둥절하다가 남는 시간을 서클 활동에 조금 써보기로 했다. 선배의 잔소리가 아무리 길어져도 6시면 집에 갔다.

저녁을 먹고 잘 때까지 그래도 여전히 대여섯 시간이 남아 있었다. 공부하기에는 지나치게 많은 시간이었다. 누가 하루에 온전히 여섯 시간씩 공부할 수 있단 말인가. 독서실에 가긴 했지만, 내게 주어진 시간이 너무 지루해 담배를 피우고, 시집이나 소설을 읽다가 또 담배를 피워도 독서실 마감 시간까지는 한참 남아 있었다. 오늘 당장 시험 공부를 하기에는 시험은 늘 너무 멀리 있고 시간은 너무 많다. 도대체 이 시간을 어쩐다?

만화 가게에 다니기 시작했다. 생각해보면 이상하게도 학생 때는 늘 돈이 많았다. 고등학생이 아르바이트를 할 수 있던 시절이 아닌데도 말이다. 예나 지금이나 학부형들은 멋대로 학생에게는 돈이 필요하다고 생각하고, 달라는 대로 주고 싶어 한다. 돈을 받아 참고서 대신 이현서와 박봉성, 허영만, 박원빈, 해적판 일본 성인 만화를 차례로 읽기 시작했다. 담배를 피워대며.

읽다 보면 시간 가는 줄 몰랐다. 인물들은 대체로 초기에 좌절하지만, 지옥 훈련을 한 차례 정도 겪고 나면 세계 타이틀을 따거나 세상을 구한다. 막판으로 갈수록 시간은 급박하게 흘러가 도저히 손에 놓을 수 없게 된다. 담뱃재가 바닥에 툭툭 떨어지고, 지폐를 헐어 만든 동전들이 카운터의 동전 바구니로 이동하는 빈도가 빨라진다. 그렇게 하나의 이야기가 끝나고 새로운 이야기를 살 돈도 없고, 담배도 얼마 남지 않으면 만화 가게를 나선다.

밖은 좀처럼 완전히 어두워지지 않았다. 이제 막 미등이 켜지고, 어딘가에서 두부를 싣고 온 아저씨가 흔들어대는 종소리가 멀리 울려 퍼졌다. 만화 속의 그야말로 급박하게 가공된 시간에서 막 나온 내 앞에 펼쳐진 이 한없이 느리고 평화로운 현실의 시간. 약간의 어지러움과 동시에 무엇과도 바꿀 수 없는 자유로움을 느끼게 해주는 이 감각이야말로 누가 뭐라 해도 내게 실감되는 유일한 '리얼'임을 나는 또다시 깨닫게 된다. 그러니까 어떠한 만화도 만화 가게 밖의 풍경을 구성하는 저녁 시간의 저 한없이 도도한 정체를 어찌할 수 없다는 것을 말이지.

그 시절 해가 떨어져도 여전히 시간은 많았고, 실은 지금도 늘 그렇다. 그러니까 늘 이 모양이다.

다시 한번

정하린

—

젠더 평등과 화해 운동 활동가

다시

방법이나 방향을 고쳐서 새로이

글자 만든이 • 안지은

"선생님, 뭐가 힘든지, 어려운지 말해보라는 말은 내 세상에는 없는 말이에요. 뭐라고 말해야 할지 모르겠어요. 저한테 왜 그러세요?"

오늘 상담실에서 들은 말이 내 가슴에 아릿하게 들어온다. 나는 지금 이 사람의 세상에 작은 균열을 내고 있다. 지영(가명) 씨가 듣도 보도 못한 말을 계속하며 노크해대는 중이다. "모르겠는데요."를 주로 반복하던 그에게 조금 틈이 생긴 것 같다. 나는 그 작은 틈을 살금살금 비집고 들어간다. 한 손에는 수용과 공감이라는 담요와 다른 한 손에는 직면이라는 거울을 꼭 쥐고. 지영 씨의 깊은 마음속 의지와 내 지속적 노크가 만나서 뭔가가 시작되고 있다. "왜 이러냐?"고 하면서도 지영 씨는 상담실에 꼬박꼬박 제시간에 오고 있다.

상담자와 내담자는 동맹을 맺은 협력자다. 때로는 한 편이 되어서 말로 설명하기 힘든 안전한 공간을 만들어내지만, 가끔은 스파링처럼 건강하게 계속 싸워주는 상대가 되기도 한다. 그의 힘을 믿어보자.

"뭐가 두려우세요? 말해보면 좀 어때서요?" 아까보다 조금 더 센 훅을 날려본다.

"선생님을 뭘 믿고 말해요? 어디 가서 내 이야기하면서 흉볼 수도 있잖아요! 속으로 나를 한심한 실패자로 볼 거잖아요."

그도 지지 않는다. 그 목소리가 높아지고, 얼굴은 상기된다. 상체는 의자 뒤로 쭉 빠져 있다. 숨이 가빠지는지 어깨가 조금씩 들썩거린다. 역시 힘이 있다!

'상담자인 나조차도 믿기 어려울 만큼 세상을 못 믿는구나. 두렵구나.' 속으로 생각하며 그의 불안하고, 긴장되는 마음에 같이 머문다. 밖으로는 침묵을 택한다. 그 마음속에 일어나는 요동이 충분히 날뛸 수 있도록 그냥 그 공간을 지킨다. Holding & Containing. 꽤 긴 침묵이 흐른다. 1분이 넘어간다. 그냥 둘이 숨만 쉬고 있다.

인간 존재로서 서로 삶의 증인이 되어서 온 마음으로 듣고, 말하고, 공감하고, 공감 받는 경험은 엄청난 힘이 있다. 누군가 내 경험과 느낌에 토달지 않고, 그저 가만히 옆에서 듣고 내가 충분히 말할 공간을 제공 받는 것, 그것이 치유에 필수적 요소라는 것을 알게 되었다. 내가 받아 보니 주고 싶어졌다. 그렇게 조용히 들어주는 사람이 한 사람이 아니라 여럿이라면, 공동체라면 얼마나 더 힘이 있을까?

미국에서 시작되어 남아프리카공화국, 인도로 번져 나간 20년이 넘은 〈젠더 평등과 화해 프로젝트〉는 여성과 여성, 여성과 남성, 남성과 남성, 다양한 젠더 정체성을 가진 모두가 치유되는 세상, 인간 동료로서 서로를 안아주는 공감의 순환. 인간이 살아 있는 모든 생명체를 돕는 순환으로까지 이어지는 세상. 그런 세상을 꿈꾸며 지금 이 자리에서 서로에게 안전한 이야기의 장을 만들어내는 운동이다. 그런 세상을 상상해보면 숨이 쉬어지고, 긴장이 풀리고, 내가 좀 더 나답게 살 수 있고, 내가 아는 소중한 사람들이 더 편안하고 자유롭게 살 수 있을 것 같다. 거리는 안전하고, 학교는 즐겁고, 내가 내 남동생을 더 이해하고, 아버지를 더 사랑하게 되며, 나 자신을 더 마음에 들어 할 것 같다. 덜 투쟁하고, 덜 화내며 그 시간에 더 사랑하고, 더 많이 웃게 되겠지. 2018년에 우연히 관련 워크숍에 참여한 후로 한국에 소개하기 위해서 여러 가지를 준비하고 있다.

내가 상담자로서 듣고 공감하는 일을 하고 있지만, 집단으로 그런 경험을 하며 나는 완전히 새로운 세상의 문을 열었다. 그때 이후로 나는 1:1 상담 안에서도 마주 앉은 분 삶의 증인이 되어 고귀한 침묵의 가치를 알고 있을 수 있게 되었다.

그의 눈에 눈물이 차오르는데 애써 참는 모습이다. 다시 한번 내게 따진다.

"말하면 뭐해요? 해결돼요? 선생님이 가서 그 사람 때려주나요? 저한테 돈 주나요?"
"해결 안 됩니다. 안 때려줍니다. 돈 안 줍니다."
"하하하. 뭐예요. 진짜. 그럼 왜 말해요? 왜 상담해요?"
"제가 문제를 해결해 드리지는 못해요. 그런데 우리 둘이 힘을 합하면 지영 씨가 어떤 세상에서 살았는지 다시 볼 수 있게 될 거에요. 그리고 그 안에서 버거웠던 시간이 혼자만의 잘못은 아니었다고 새롭게 생각할 수 있을지도 몰라요. 그때는 내가 나를 위해 할 수 있는 힘이 부족해 못했지만, 이제는 내가 나를 위해 목소리를 내보는 것, 그것도 하지 못하면 나 자신에게 너무 한 거잖아요. 지영 씨 자신에게 너무 하잖아요." 나 자신에게 외치는 말이기도 하다.

다시 침묵이 흘렀다. 지영 씨가 무표정하게 있더니 흑 하고 눈물을 쏟아내서 운다.

"우리 지영 씨에게 다시 한번 기회를 줘봐요. 혹시 알아요. 뜻밖에 괜찮을 수도 있잖아요. 안 해보면 모르잖아요. 여기 둘밖에 없잖아요."
"집요하시네요. 설득되네요. 훌륭하신 분 같아요."
"음… 솔직히 그런 말 와닿지 않아요. 뜬금없는 칭찬으로 얼렁뚱땅 넘어가려고 하지 마세요."
"하하 하하하."

그가 웃는다. 나도 웃는다. 그의 외롭고 황량했던 황무지의 문이 오늘 조금 더 열렸다. 연금술처럼 우리는 계속 담금질할 것이다.

그 찰나,
빛나는 노력

신경숙

—

북 디자이너

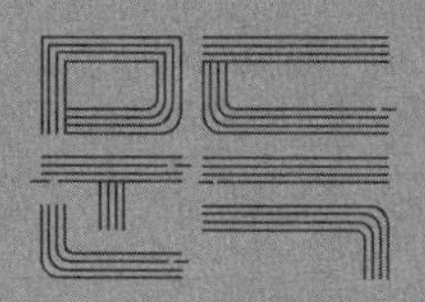

생각이나 느낌 따위가 갑자기 떠오르는 모양.

어떤 행위가 갑자기 이루어지는 모양

글자 만든이 • 이윤지

아침부터 밖에 요란스럽게 울어대는 까마귀 소리에 갑자기 생각이 났다. 처음 일본에 갔을 때, 이른 시간부터 호텔 밖에서 들리던 그 소리의 기억이다. 기이하다고 생각했고, 소리를 듣다 보니 일본 기담집의 한 이야기 속에 있는 것 같았다. 호텔 창문으로 어디에서 나는 소리인가 찾다 본 새까만 까마귀는 번잡한 도심에 그 모습만큼 소리도 매우 생소하기만 했다. 이렇게 어떤 장소, 향기, 소리, 그림, 신호, 길 등 온갖 다양하고 크고 작은 자극이 아주 깊게 묻혀 있었고, 묵혀진 기억을 머릿속에 문득 떠오르게 한다. 그 순간은 잠시 그때의 그 시간, 그곳으로 순간 이동을 하는 기분이다. 꼰대의 말처럼 들릴 수 있는 "그때는 그랬지"라는 옛 기억을 더듬는 순간이 되기도 한다. 아련함에 좋은 기억으로 그리워지기도 하지만, 오랜 시간 묻혔고 잊히기를 바랬던 기억이 나타나기도 한다. 지금의 소리가 그때 아침, 두근거리며 처음 낯선 지역 탐방을 시작하는 첫날의 기분을 생각나게 했다.

불쑥 머릿속에 나타나는 이 기억과 생각들은 사라졌던 것이 아니라 차곡히 쌓인 기억 속 어느 부분의 아래쯤에 묵혀 있었던 것이지 싶다. 때로는 잊어버리고, 사라져버리는 것에 불안해하며 끊임없이 적고, 저장하고는 하지만 결국은 사소한 자극이 더 쉽게 기억을 불러오게 한다. 그래서 영화에서도 보면 자극을 통해 기억을 되살리기도 하는가 보다. 길을 걷다가, 손을 씻다가, 설거지하다가, 하늘을 보다가, 일상의 틈틈이 이렇게 문득 나타나는 생각들이 좋은 해결법을 제시해주기도 하고, 잊어버렸던 물건을 찾게도 해준다. 나에게 이 문득 일어나는 방문은 종일 고민해도 안 풀리던 작업의 방법을 찾아주기도 하고, 핸드크림의 향기가 무엇인지를 곰곰이 생각해도 몰랐던 그 향기를 다른 곳에서 찾아내기도 한다. 갑자기 불쑥 나타난 것이지만, 결론은 해결까지 해주는 과정이다.

이렇게 보면 이 문득 떠오른 생각들이 그냥 '뚝' 떨어진 것이라고 생각할지도 모른다. 그러나 이 속에는 갑자기 생각났다고 하기에는 그 숨겨진 노력이 엄청나지 싶다. 무엇을 하는 그중에도 내 머릿속 아주 작은 구석에서 끊임없이 생각한 결과물이다. 생각하고 또 생각하면서 내 기억을 하나씩 들추고 뒤적여서 끄집어낸 그 결과가 문득 나타난 것이 아닐까. 때문에 이 과정은 마음 아프지만 보이지 않고 드러나지 않은 내 노력이 만들어낸 결과라고 생각한다. 그래서 이 행위 뒷면의 숨겨진 모습은 노력이 아닐까 한다. 내가 고민했던 것에 답을 주기 위한 내 노력, 내가 다시 기억하고 하고 싶은 일을 찾으려는 내 답답함에 대한 답, 문제를 해결하려고 하는 내 탐구가 찾아낸 행위인 것이다. 그리고 너무 많이 쌓여 보이지 않을 때쯤 잊지 말라며 들추어 햇빛을 쐬게 해주는 친절함이다.

이런 고마움과 노력이 빛나는 문득 생각나는 이 시간을 좋아한다. 노력형에 이것저것을 챙겨 넣어야 하고, 적어 놓아야 하고, 보관하는 욕심을 부리는 사람에게는 자신이 조금 잊어도 불쑥 '아!' 하고 생각나게 해줄 테니 걱정하지 말라는 의미 같기도 해서다. 자신이 가진 숨겨진 진짜의 노력이라고 자신에게 주는 뿌듯함이기도 하다.

며칠 동안 그 글을 어디에서 읽었는지 도통 기억이 나지 않아 답답해하고 있었다. 오늘 준비를 하고 나서며 하늘의 풍성한 구름이 파란 하늘에 멋진 날이라고 생각했을 때, 불쑥 생각이 났다. 이렇게 날씨 좋았던 때, 카페에 앉아 보았던 그 책의 제목이. 찰나의 기억으로 찾아냈다. 그리고 답답함이 해결되는 순간이다.

여기 있을게,
마음껏 걸어가렴

신량

—

엄마

바람만 바람만

바라보일 만한 정도로 뒤에 멀리 떨어져 따라가는 모양

글자 만든이 • 이효정

아이와 복작이던 시간이 지나고, 초등맘이 되었다. 새 출발에 대한 기대와 떨림을 음미하는 것도 잠시 아이는 빠르게 학교라는 새 울타리에 적응했다. 매일 밤 새처럼 조그만 입을 벌려 학교에서 있었던 일들을 재잘거리고, 목 끝까지 이불을 폭 덮은 채 내일을 기대하며 잠드는 아이를 보는 건 데운 물에 적신 수건으로 가슴을 닦아 내리는 일처럼 안식을 준다. '내 삶에도 이렇게 완벽히 무해한 구석이 있구나.' 하는 위로가 되는 일.

빠르게 적응하는 만큼 아이가 삶으로 걸어 나가는 속도도 빨라졌다. 친구들 틈으로 와 하고 달려가는 속도, 세상의 모든 것에 눈을 빛내며 뛰어드는 속도는 더는 내가 손으로 잡아 세울 수 없는 속도다. 옆에 껌딱지처럼 꼭 붙어 있겠다 할 때는 그렇게 무거울 수가 없었는데 새삼 가붓해진 허리춤에 아쉬움이 밀려온다. 이렇게 크는구나, 더 자라 내 품에서 떠나는 날도 있겠지.

지난해 코로나로 발이 묶이면서 기동력에 대한 필요를 절실히 느꼈고 한동안 주행 연습에 매진한 적이 있다. 생초보로 길을 나설 때는 옆에서 하나하나 훈수를 두는 게 썩 도움이 되는 것 같았다. 무엇보다 옆에 누군가 앉아 있다는 것만으로도 무지 큰 의지가 되었으니. 그런데 혼자서 차를 몰 수 있으리란 기대가 조금 생기기 시작했을 때는 있는 듯 없는 듯 나를 그저 지켜보기만 해줄 존재가 필요했다. 그래서 주행 연습에 도움을 주던 이모에게 뒷자리에 앉아줄 것을 권했다. 혼자 하는 듯하지만, 지켜 봐주는 것만으로도 마음이 놓이는 존재.

아이는 요즘 내게 이따금 그런 역할이 필요하다는 사인을 보낸다. 등하굣길에서 친구를 만났을 때, 무릅써 마주하고 싶은 위험천만 재미난 일을 만날 때, 처음 피어나기 시작한 마음속의 일 같은 것들을 뒤춤에 감추고 싶을 때. 한 발짝 혹은 그보다 먼 걸음 물러서 아이를 가만히 뒤따른다. 가만한 걸음이라고 해서 마음이 다 숨겨질까. 저 녀석 저러다 어디 생채기라도 나는 거 아닐까, 마음에 오래 남을 응어리라도 지면 어쩌나, 아직 아이를 세상에 내놓을 준비를 채 하지 못한 나는 매일 마음이 졸인다.

걱정이 무색하게 아이는 매일 새로운 허들을 넘듯 세상을 향해 씩씩하게 걸어 나간다. 녹음이 자신이 지닌 색을 푸르게 자랑하는 계절. 유월의 첫 주말에는 아이와 담양에 다녀왔다. 휘휘 바람에 대숲이 춤을 추고, 푸른 담양호와 키다리 메타쉐콰이어가 길게 늘어선 곳으로. 숨을 몰아쉬며 걷다 보면 어느새 아이는 저만치 점처럼 작은 크기가 되어 앞서 달린다. 그러다 재미나고 신기한 걸 발견하는 곳에서는 마치 부메랑 놀이라도 하듯 전속력으로 달려와 나를 부른다. "엄마!" 그래, 네가 달려오면 보이는 곳에 내가 있을게. 마음으로 읊조려보며 아이와 내 거리를 가늠해본다.

엉덩이를 꼭 붙들고 받쳐줘야 겨우 걸음을 떼던 시간을 지나, 내 손을 잡고 뒤뚱거리던 시간을 지나, 가장 힘찬 기운으로 내달리는 아이를 보며 이제 나는 그 뒤를 바람만바람만 따라 보기로 한다. 아주 사라져 없어지지는 않는 곳, 고개 돌려 찾거든 두리번거리기 전에 시야에 반짝 여린 빛처럼 드러날 수 있는 거리에 엄마가 여기 있어. 그게 어디든 원하는 곳으로 자신 있게 달려 나가렴. 이제 나는 한 발 물러서 그렇게 세상으로 막 발을 내딛기 시작한 아이를 위해 무한한 응원을 보내주는 일만 남았다. 물리적 거리보다 마음의 거리. 어떤 거리는 한 발 떨어질 때 한 발 더 가까워지기도 할 테니 우리는 이만큼이 딱 좋겠다.

조다희

—

도서관 사서

바르르

마른 나뭇잎이나 얇은 종이 따위에 불이 붙어 가볍게 타오르는 모양.
가볍게 조금 떠는 소리 또는 그 모양.
적은 양의 액체가 가볍게 끓어오를 때 나는 소리 또는 그 모양.
대수롭지 않은 일에 발칵 성을 내는 모양

글자 만든이 • 최원주

누군가 바람을 몰고 온다
배를 밀고 풀숲 지나
말에서 떨어진 뒤 생긴 흉터
바르르 타들어가는 나무 언덕 보이면
바르바라* 바르바라 소리 내
시를 읽는다

폭력적인 어제를 살고
꿈꾸던 낮의 소원들
바르르 몸을 떨며
착해지고 싶다 외친다
언덕에 올라 귀 기울이니
누군가 바람 따라 노래 부르고

바르바라 바르바라 끝없이 외는 주문처럼

차던 얼굴 지워지고
등불을 들고 나온 저녁
바르르 물이 끓어오르고
오르간 소리 재의 소리 멀리
걷고 또 걷고
바람 잦아들면 눈을 감고
바르르 떨리던 손
기억하느냐 누군가 재촉하고 말은
이미 한달음 달아나고
풀숲 비껴 문득 누군가와 마주한다면

무심코 행복을 생각하는 일
홀로된 내일이 있다
비에 젖은 얼굴로 입술로 온 힘으로
바르르 화낼 수 있다면
누군가 주춤거리고 서 있는 뒷모습

풀숲 완전히 숨은 말들을 찾아
바르바라 바르바라 소리 내 사라지는 것을

써 내려간다.

• 자크 프레베르(Jacques Prévert)의 시

파도의 무덤

최창대

—

작가

• 비로소

비로소

어느 한 시점을 기준으로 그 전까지 이루어지지 아니하였던
사건이나 사태가 이루어지거나 변화하기 시작함을 나타내는 말

글자 만든이 • 진재형

살아가는 것은 끊임없이 무언가 고장 나는 것이다.
살아가는 것은 끊임없이 무언갈 잃어가는 것이다.

사랑이란 건 내 귀한 걸 내어주고
상대의 흔한 걸 얻어오는 일이다.

나는 네게 모든 귀한 걸 내어줄 터이니
너는 내게 오직 흔한 것만을 내어주어라.

남자는 글쓰기를 멈추고 고개를 의자 뒤로 젖히며 눈을 감았다. 자신이 적은 여러 문장을 끊임없이 떠올리며 곱씹었다. 어딘가 빈틈이 있는지 살피는 남자의 머릿속은 문장을 더욱 견고한 성처럼 쌓아 올리기에 안달이 나 있다.

유년 시절부터 남자의 유일한 낙은 글짓기였다. 남자는 그 즐거움을 따라서 글쟁이가 되리란 꿈을 품었다. 그러나 몇 년 전 어떤 사건을 겪은 뒤부터 남자에게 있어 글짓기란 모래로 성을 쌓는 일과 같아졌기에 아무리 탄탄하게 매만지고 견고하게 쌓아 올려도 언제 자신의 머릿속에 파도가 덮쳐올지 모를 불안을 떨며 잠깐의 휴식마저 설쳐야 했다. 어쩌면 불안보다는 단순한 강박에 가까울지도 모른다. 그런 남자의 강박은 완벽한 작문에 있다기보단 혹여나 누군가가 몰래 감춘 자신의 허물을 알아차리진 않을까 하는 데서 기인했을 테다.

남자는 얼마 전부터 귀가 먹먹했다. 처음에는 잠을 잘못 잤겠거니 하며 넘겼지만 이상하게도 원상태로 돌아올 기미가 보이지 않았다. 동네병원에 내원했고 무심한 얼굴로 걱정하지 말라던 의사는 곧이어 짐짓 묘한 표정으로 큰 병원에 가보라고 권유했다. 대단하신 큰 병원에서는 원인불명의 질환에 명칭을 붙인 돌발성 난청이라는 병명을 남자에게 들이미는 지랄한 짓을 하더니 뒤이어 "환자분의 청력이 상당 부분 소실될 가능성이 매우 높습니다."라는 소식을 심심한 낯으로 전했다. 그래도 미리 알게 돼서 다행인 건 훗날 때가 왔을 때 당황스러운 마음에 허둥대지 않으리란 것이다. 동시에 미리 알아버려서 불행인 건 당신에게 듣고픈 말을 꿈에라도 평생 듣지 못하게 되리란 불안 때문이었다.

남자는 어릴 적부터 흔히들 없는 패널티가 자신에게 있기를 바랐다. 재능도 총기도 없는 아이는, 항상 공상에 빠져 현실에 적응하지 못하는 아이는 애석하게도 자신에게 사랑을 드러내는 인간을 만나지 못해 애정 결핍을 앓았다. 팔이든 다리든 눈이든 적어도 손가락 하나라도 장애가 있다면 어떤 이든 내게 조금이라도 관심을 가져주지 않을까. 누군가에게 그렇게라도 배려 받고 싶고, 온정을 느끼고 싶었다. 그게 비록 동정일지라도 어린 그는 기뻐했으리. 그 시절 남자의 나이는 겨우 아홉 살이었다.

남자는 사회적 기능면에서 바라보면 무능하기 짝이 없었다. 그렇다고 그게 멍청하다는 의미와 같지는 않았다. 오히려 그는 영리했다. 남자는 인중에 털이 자라기 시작할 무렵부터 사람들에게 웃음을 주는 방법에 대해 잘 알고 있었다. 그들이 자신에게 동정심을 품게 만드는 방법에 대해서도 잘 알았다. 청소년기에 남자가 가장 잘했던 건 자신에게 향하는 동정심 또는 조소 섞인 웃음을 친근함과 애정으로 바꾸는 일이었다. 한마디로 그는 '엉뚱하고 예의 바른 사람'처럼 자신을 꾸미는 일에 있어 능숙했다. 남자는 이 기술을 활용해 학급 친구들을 사귀었다. "너 혹시 그거 알아?"라는 말로 시작해 별의별 쓸데없는 소리를 흥미롭게 풀어내면 남자와 대화의 물고를 튼

학생들은 그날부로 친구가 되었다.

성적이 낮았음에도 선생들이 그에게 관심을 가지게 만들기도 했다. "선생님, 혹시 그거 아시나요?"라거나 "선생님, 제가 조금 별난 생각이 문득 들었는데요, 어떻게 생각하시나요?"라는 식으로 대화를 능숙하게 풀어나가면 선생들은 지겨운 직장 생활에서 보기 힘든, 엉뚱하고 유쾌하지만 예의 바른 학생과의 연을 얻어갔다.

부모의 방관과 학대에도 관계를 이어 나갔다. 사실 이런 경우에는 그냥 적당하게 고개를 조아리는 것밖에는 달리 방도가 없었다. 아무튼 이런 고도의 처세술을 모르던 시기에 비하면 덜 했지만 그럼에도 그는 여전히 고독했다. 자신의 가면이 아닌 민낯을 알아채고 인정해줄 사람이 절실했다. 광대같이 가면 뒤에 숨은 모습이 아닌 문둥병에 걸려 썩어가는 가면 뒤의 자신을 있는 그대로 사랑해줄 사람이 필요했다. 그러던 중 남자는 자신의 것과 비슷한 기류가 흐르는 여자를 발견했다.

여자는 어릴 적부터 이어져 온 남자의 이웃이었다. 여자의 아버지는 적어도 남자가 마주칠 적에 한해서는 언제나 술에 절어 있었다. 남자는 그 주정뱅이와 마주치면 남들과는 달리 "안녕하시죠?" 하며 넉살 좋게 인사했다. 그러면 대낮부터 콧잔등이 벌겋게 상기된 아저씨는 '뭐야, 이 애새끼는.' 하는 얼굴로 말없이 바닥에 침을 퉤 뱉고 지나갔다. 아저씨는 자신의 딸을 두고 종종 '지 애미 쳐 닮은 걸레 같은 년'이라며 고함을 쳤다. 남자는 아저씨의 고함과 물건들이 부서지는 소리가 낡은 연립주택 계단에 메아리칠 때마다 마음을 부여잡았다. 폭력에 대한 두려움 탓이 아니라 여자가 받을 상처에 대한 연민 때문이었다. 그의 우려와는 달리 여자는 생각보다 강단 있고 패기 있는 인물이었다. 아저씨의 고함과 물건들이 부서지는 소리 사이에는 언제나 여자의 욕설로 가득 찬 고함이 있었다.

남자야 이웃집이니, 술에 취해 비뚤어진 아저씨의 목소리가 들렸다 치더라도 어찌 된 일인지 동네 사람이 모두 여자의 불행을 알았다. 심지어 같은 학교에 다니던 아이들도 뒤에서 여자를 대상으로 저급한 농담을 지껄이며 낄낄댔다. 사람들은 애어른 할 것 없이 여자를 깔봤다. 모두 본 적 없는 사실을 이유로 여자를 하대하며 괴롭혔다.

남자는 여자에 대한 그런 처우들이 끔찍이 싫었다. 남자는 남들이야 그러든지 말든지 남몰래 여자를 좋아하기 시작했다. 여자의 무심하기 짝이 없는, 나이에 걸맞지 않은 표정과 언제나 공허한 눈빛이, 사실은 위로 받고 싶다고, 사실은 사랑 받고 싶다고 남자에게 끊임없이 속삭이는 것만 같은 환청을 불러일으켰다. 우연히 둘이 마주칠 기회가 생길 때마다 남자는 여자의 암울한 눈을 은밀하고도 깊이 응시했다. 암울한 눈을 향한 시선이 깊어질수록 착각의 골 역시 깊어만 갔고, 그럴수록 남자는 더더욱 여자에게서 벗어날 수 없는 인간이 되어만 갔다.

한번은 남자가 여자의 눈을 빤히 보다가 여자와 눈이 마주쳤다. 남자는 화들짝 놀랐지만 애써 태연하게 "오늘 날씨가 참 좋지?" 하고 말을 걸었다. 여자는 말없이 바닥에 침을 찍 뱉고 지나갔다. 여자의 그런 행동에 남자는 불편한 기시감을 느껴야 정상이지만 오히려 여자의 경멸은 역효과였다. 그런 언동들 때문에 남자는 여자에게 불쾌감이 아닌 자신의 모습과 동질적 연민을 느꼈기 때문이다. 네 상처를 씻어주고 싶다. 네 아픔을 달래주고 싶다. 네 절규를 멈춰주고 싶다. 내 주제에. 남자는 항상 이런 바람과 상실감을 품은 채 망상장애를 앓는 게 아닐까 하는 마음이 의심될 정도로 여자만을 생각했다. 수업 시간에는 종일 여자의 뒷모습을 몰래 힐끔거리고 잠깐 졸 때마저 여자와 함께 꿈속을 거닐었다. '내 주제에.'라는 마음이 공존했음에도 어느새 남자는 여자를 마음속 깊이 사랑했다.

시간은 파도처럼 흐르고 같은 중학교를 다니던 둘은 어느새 둘도 없이 친한 친구가 되었다. 물론 남자가 몇 년간 부단히 노력한 끝에 쟁취해낸 보상이었다. 하지만 남자의 노력과는 무관하게 여자는 단지 남자가 자신에게 친절하지만 엉뚱해서 나름 재미있는 이웃집 소년이라는 점에서 남자를 친구로 받아들인 것만 같았다. 어쨌거나 그들은 이제 친구였고 여자는 남자밖에는 달리 친구가 없었다. 그 점은 남자를 더욱 여자에게 헌신하도록 부추겼다. 두 아이의 시간은 끊임없이 파도친다.

고등학교 마크가 달린 교복을 입은 여자가 어둑한 빌라 계단에 앉으며 말했다.

"우리, 이 엿 같은 동네에서 벗어나자."

여자의 눈가에는 거뭇거뭇한 멍들이 피어나 있다. 남자는 여자의 얼굴을 휴대전화 불빛으로 살피며 말한다.

"그래. 같이 가자. 눈은 괜찮아?"

"일상인데 뭐, 담배 있어?"

"여기."

남자는 익숙한 듯 여자의 입에 담배를 물려주고 불을 붙였다. 선생 앞에서 교복 입길 대놓고 불평하는 몇몇 불량아에게 이마가 다 까진 어느 늙은 교사가 교복은 '나 학생이니 알아서 보호해주쇼.' 하는 의미로 입히는 거라고 말했다. 그런데 여자의 눈가는 교복이 입히지 않은 탓인지 온통 검고 붉은 상처로 뒤덮여 있었다.

여자의 아버지는 그들이 열아홉 살이 된 지금까지도 동네에서 소문난 주정뱅이였고, 가정 폭력범이었다. 여자의 어머니는 이 비겁한 남편을 피해 도망간 지 12년이 지났으며 그동안 여자에게 단 한 번도 찾아오지 않았다. 그 흔한 편지 한 통 오지 않았다. 이를 두고 여자는 '그 애비에 그 애미'라고 곧잘 표현했다. 남자의 집 역시 가정 상황이 나빴지만 적어도 어미의 부재는 포함되지 않았기에 여자의 이런 과격한 표현에도 그저 고개를 끄덕거릴 수밖에 없었다. 남자는 여자의 눈 주변에 연고를 발라주었다. "반창고는 자기 전에 붙이자."라고 말하는 남자는 마치 영화에 나오는 무면허 의사처럼 상당히 능숙하게 치료를 마치며 물었다.

"너 돈은 좀 모아뒀어?"

여자가 고개를 홱 들고 노려보자 남자가 말했다.

"그럴 줄 알았다." 여자가 여전히 노려보는 눈을 하며 씩 웃자 남자가 미소 섞인 한숨을 내쉬며 말했다.

"나중에 꼭 갚아."

남자는 말은 이렇게 해도 자신이 여자에게 도움이 된다는 사실에 기쁘고 즐거웠다. 남자는 여자 몰래 옅은 미소를 지었다.

그들이 친구에서 연인이 된 지 거의 일 년이 되었다. 열여덟에 남자는 진중하게 자신의 마음을 고백했고 여자는 의외로 선뜻 수락했는데 이유는 "재밌을 것 같아서."였다.

몇 날 며칠을 밤잠 설치며 노트에 자신이 어떻게 말할지 쓰고 버리기를 반복하던 노력이 무색해지는 맥빠진 대답이었지만 남자는 만족했다. 자신이 이 여자와 연인이라는 생각만 해도 싱글벙글 미소를 지었다. 빌어먹을 세상에서 오직 자신만이 행복한 인간이라는 우월감과 여유에 젖기도 했다. 뭐든지 할 수 있을 거란 자신감 역시 차올랐다. 남자가 어떤 심정이든 현실은 엿 같은 상황의 연속이었다. 그럼에도 남자는 무력감보단 투기가 차올랐다. '올 테면 와 봐라 세상아!', '죽이려면 어디 한번 죽여 봐라!' 이런 마음가짐이 근본 없는 깡다구라고 훗날 깨닫긴 했지만, 남자는 민망하긴커녕 한편으로는 자랑스러운 과거라는 생각마저 들었다.

남자가 무언가 퍼뜩 떠오른 듯이 물었다.

"아! 너 약은 먹고 있어?"

여자는 멍하니 허공을 응시하다 답했다.

"나 병원 안 간 지 꽤 됐잖아. 약 다 떨어졌어."

남자는 급작스럽게 화가 나기 시작했다.

"그 망할 주정뱅이 새끼."

여자는 정신과에 다녔는데 종종 주머니 사정으로 치료가 끊겼다. 여자의 아버지는 그런 여자를 위해 단 한 푼도 쓰지 않았다. 남자는 그런 그를 몹시 경멸했다. 자신의 딸아이가 정신적으로 죽어감에도 어찌 돈 한 푼 쓰지 않는가. 더욱이 버는 돈은 족족 술집에 쏟아부으니 그 모습을 옆에서 바라보는 남자는 미칠 노릇이었다. 남자가 결의에 찬 목소리로 말했다.

"너 병원 꼭 다시 다녀, 돈은 내가 낼게." 애써 미소를 힘껏 지으며 말한다. "나 돈 벌잖아."

남자는 대학가 쪽에 있는 피자집에서 반년 넘게 아르바이트를 하고 있었다. 고등학생이 홀로 쓰기에는 충분한 보수였지만 둘이 쓰기에는 넉넉하지 않았다. 여자는 우울증이 심한 탓에 아르바이트는커녕 외출도 쉽지 않았다. 여자가 나지막이 말했다.

"미안해서…."

남자는 괜찮다며 농담을 던지기 시작했다. 여자는 우중충한 표정에서 밝은 얼굴로 화사하게 번지기 시작하다 남자에게 장난을 쳤다. 항상 비슷한 패턴이었다. 여자는 매사에 당당하다가도 자신의 처지를 비관하며 쉽게 우울해졌다. 그러면 남자는 여자를 웃게 만들기 위해 노력했고 남자의 노력은 언제나 잘 통했다. 남자가 말했다.

"우리 만난 지 일 년 됐는데 어디 여행이라도 가자. 그러려고 돈도 모아두고 휴가도 며칠 냈거든."

여자의 기분을 풀어주는 남자의 비기다.

"흐흐. 이 자식 꽤 든이직하네?" 여자는 장난조로 말하며 남자의 등을 팡팡 내리쳤다.

남자는 웃다가 여자의 눈가에 자꾸만 시선이 갔다. 붉고 검은 흉들이 가득한 여자의 눈가. 그럼에도 여자는 자신의 흉을 가리려 굳이 애쓰지 않았다. 자신을 모욕하는 사람들에게 자신이 걸레도 아니고, 애미를 닮지도 않았다는 말을 하여 모욕적인 상황을 모면하려 들지도 않았다.

남자는 덩치가 특별히 크진 않았지만, 학교 남학생 사이에서 힘깨나 쓰는 걸로 유명했다. 다른 반에서 힘 좀 쓴다는 학생이 찾아와 팔씨름하기도 했다. 물론 남자의 승리였다. 그런 남자가 몹시도 애정하는 연인이었기에 둘이 함께 있을 때 여자를 무시하는 사람은 없었다. 그러나 사람들은 여자가 홀로 있을 때면 묘하게 여자를 무시했다. 사람들은 화를 내기에는 애매하고 기분은 나쁜, 애매한 외줄을 아슬아슬하게 탔다. 여자는 그런 상황을 남자에게 구태여 말하지 않았다. 홀로 묵인하고 넘겼다. 자신 때문에 남자가 누군가와 다투는 걸 보고 싶지도 않았거니와 일일이 대응하기가 적잖이 귀찮다고 느꼈다. 그렇게 여자에게는 비우기 성가신 상처들이 쌓여 갔다.

여자는 자신이 왜 이런 대우를 받으며 살아가야 하는지, 왜 자신은 남들과 다른 불운한 환경에서 살아가야만 하는지 고뇌했다. 생각의 끝은 언제나 죽음이었다. 죽어야만 이 불운

이 끝난다. 죽음만이 내 유일한 안식이다. 그러나 자신을 조건 없이 사랑해주는 단 한 사람이 있음으로 여자는 아직까지 숨을 쉴 수 있었다. 남자가 없었다면 여자는 이미 학교 화장실에서 목을 매 숨졌을 것이다. 여자의 아버지는 자녀 학대로 경찰에 조사를 받고, 모자를 꾹 눌러쓴 채 뉴스에 나와 모자이크 덩어리로 비난의 대상이 될 것이다. 그리고 이 사건은 하루 만에 잊힐 테다. 남자는 일찍이 이런 비극적인 순리를 여자 몰래 깨닫고 있었다. 남자가 여자의 눈가로부터 슬쩍 시선을 돌리며 여자에게 물었다.

"어디로 갈래?"

…

바다. 학창 시절부터 여자와 남자는 종종 바다를 찾아갔다. 여자는 옛날부터 죽겠다는 말을 입에 달고 살았다. 힘들어 죽겠다는 비유가 아니라 정말로 죽어버리겠다는 의미였다. 그럴 때마다 남자는 진중하지만 무던하게 같이 죽지 않겠냐고 물었다. 여자는 이 말이 마음에 들었는지 죽지 않고 웃었다. 그 웃음 덕에 남자 역시 죽지 않고 웃었다.

그들은 성인이 되었고 몇 년간 함께 모은 돈으로 작은 방을 얻어 동거했다. 크지 않은 원룸이었지만 꼭 붙어살기에는 부족하지 않았다. 여자는 아버지로부터 도망치듯 집을 나왔다. 여자는 몰래 짐을 싸고 집을 나서다 아버지와 눈이 마주

쳤고 그는 당황스러움과 분노가 섞인 목소리로 비루하게 소리쳤다.

"일로 와. 이 씨팔련아!"

술에 취해 곯아떨어져 있던 그는 우당탕 소리를 내며 몸을 일으켜 여자에게 네 발로 뛰쳐 갔다. 여자는 문을 연 채로 소리쳤다.

"꺼져! 정신 나간 주정뱅이 새끼야! 내가 말했지 이 개 같은 집 나간다고." 여자는 문을 세게 쾅 닫으며 문 앞에서 기다리던 남자에게 말했다.

"자기야! 뛰자!" 여자는 당차게 웃었다. 적어도 남자가 본 표정 중에서는 가장 밝고 순수한 웃음이었다. 낡은 연립주택의 계단을 뛰어 내려가는 그들의 등 뒤로 여자의 아버지는 온갖 욕설을 내뱉으며 달려왔다. 하지만 그는 얼마 가지 못해 숨을 헐떡이며 아스팔트 길바닥에 드러누워 고함을 질렀다.

그들은 함께 얻은 작은 방에서 조금씩 생계를 이뤄 갔다. 볼품없는 엉터리 가구와 가전제품들에 둘러싸였지만 무엇보다도 그들은 그런 상황이 마냥 즐거웠다.

언젠가 싸구려 메트리스에 함께 누운 여자가 잠들기 전 남자에게 물었다.

"있잖아, 내가 죽겠다고 했을 때… 왜 안 말렸어?"

남자는 그때와 같이 망설임 없이 대답했다.

"너를 사랑하니까."

여자는 남자의 품으로 더욱 파고들며 이전보다 더 집요한 얼굴로 물었다.

"그럼 너는 왜 죽겠다고 한 건데?"

남자는 쉽사리 대답하지 못하고 한동안 음…이나 엄… 같은 이상한 소리로 성대를 울리다가 이내 대답했다.

"나를 사랑하지 않으니까."

아이러니한 상황이다. 서로 사랑하면서도 서로 자신을 사랑하진 않는 한 쌍. 마치 날개가 하나씩밖에 없는 두 마리 새가 만나 기어이 한 쌍의 날개를 완성한 것처럼. 이 남녀 한 쌍은 혼자 있을 때는 제대로 걷지도 못하고 버둥거리기만 하다가 둘이 함께할 때에 비로소 올바르게 걷고 날아올랐다. 날갯짓하지 못하는 기형적 모양의 손으로 둘은 서로 끌어안았고 그 손을 결코 놓지 않았다.

적어도 몇 년간은 그랬다. 시간이 흐를수록 여자의 우울장애가 깊어 갔고 그에 비례해 남자의 불안장애 또한 깊어 갔다. 남자가 할 수 있는 건 여자를 안아주는 것뿐이었다. 여자를 세게 안을수록 남자는 자신의 무력감에 짓눌릴 뿐이었다.

남자는 무력하다. 남자는 끝없이 무력하다. 남자는 여자를 안는 것밖에는 할 수 없다. 여자는 아름답다. 여자는 끝없이 아름답다. 여자는 남자에게 안기는 것밖에는 할 수 없다. 남자는 여자를 사랑한다. 여자도 남자를 사랑한다. 그들은 서로 사랑한다. 그러나 여자는 죽어갔고, 그런 모습을 지켜보는 남자도 죽어갔다. 그들은 방치된 식물처럼 말라 비틀어져 갔다. 여자는 마치 남자가 아닌 다른 무언가를 마셔야만 하는 듯이 말라 갔고, 남자는 그런 여자를 보며 입술이 바짝 마르는 걸 시작으로 온몸이 툭 건드리면 곧바로 으스러질 듯이 말라 갔다. 여자가 말라 갈 때마다 남자는 죽어가는 식물을 보며 어찌해야 할지 감도 못 잡은 채 발만 동동 구르는 어린아이가 되어 버렸다. 그때마다 여자는 침대에 구부정하게 누운 채로 나지막이 읊조렸다. "바다에 가지 않을래." 그럼 남자는 뛸 듯이 기쁜 마음이 샘솟으며 당장에 바다로 갈 구비를 마쳤다. 여자에게 하고픈 무언가가 생긴 것만으로도 남자에게는 끔찍한 병의 완치 선언처럼 기쁜 일이었다. 그들에게 계절은 상관없었다. 그들에게 지명은 한낱 이름에 불과할 뿐이었다. 어느 계절에 어느 지역을 가든 그들은 바다만 보면 치유되었다.

어느 가을밤에 여자가 바다를 보러 가자고 말했다. 남자는 곧바로 여자를 업은 채로 굽이진 달동네를 내려와 택시를 잡고는 여자를 조심스레 우겨 넣고 버스터미널로 향해 야간 시외

버스표를 끊은 뒤 바다로 향했다. 가을 밤바다를 보던 여자가 혼잣말을 중얼거렸다.

"바다 보니 좋다."

남자는 아무 말 없이 여자를 바라봤다.

바다가 마치 고향인 듯 여자는 바다를 보고 있으면 향수병이 조금이나마 나아지는 사람처럼 생기가 돌았다. 그것은 발랄한 생기보다는 우울감에 축축하게 젖은 생기에 가까웠지만, 그럼에도 남자는 그런 되다만 생기마저 소중히 여겨졌다. 여자의 고향이 바다라면 남자의 고향은 여자다. 잊힌 옛 고향을 찾은 여자의 생기가 돋는 걸 보며 남자 역시 생기가 돌았다. 남자는 벅찬 목소리로 말했다.

"그러게, 좋다."

남자와 여자는 그렇게 한참을 바다의 지평선을 바라보았다. 진한 남색의 파도는 부서지고 모이기를 반복했다. 그들은 모래밭을 건너 바다로 걸어 들어가고 싶었다. 바닷속에 잠기고 싶지는 않았다. 단지 파도를 타고 바다 위를 걷고 싶었다. 아무도 없는 바다 위에서 단둘이 꼭 껴안은 채 서로의 온기를 이불 삼아 잠들고 싶었다. 구태여 서로에게 말하지 않아도 서로가 품은 바람을 알 수 있다. 맞잡은 손의 온도는 같았다. 남자가 숨을 크게 내쉬며 말했다.

"자기야, 옛날에 바다를 위를 걸은 남자가 있었데."

여자가 의아스러운 눈으로 남자를 보며 말했다.

“그래서 너도 걸어가려고?”

“하하 아니, 그런 건 아닌데….” 남자가 여전히 웃으며 말했다.

“그런데… 그 남자가 신에 대한 믿음이 부족해서 가라앉았다네.”

여자는 피식 웃고 잠시 아무 말이 없다가 말을 꺼냈다.

“신이 그 정도로 무자비하단 말이야? 생각보다 쪼잔하네.”

남자가 여자를 바라보며 말했다.

“그래서 건져줬데. 살려주려고.”

여자가 뭔가를 가만히 생각하다가 말했다.

“그럼 우리가 가라앉으면 구해줄까?”

“음… 글쎄… 그 생각은 안 해봤네.”

“마지막 순간에 믿으면?”

“아마… 건져주지 않을까? 다음에 신이란 분 만나면 물어봐 줄래?”

남자가 웃었다. 그럼에도 여자는 웃지 않고 뭔가를 골똘히 생각했다.

남자는 그런 여자를 바라보다가 입에 담배를 물고 불을 붙였다. 그리고 여자의 입에 자신의 담배를 물려주었다. 파도처럼 밀려오는 세상의 채찍질을 견디게 하는 여자의 원동력은 이따금 하는 담배와 술, 그리고 바다를 찾는 일이다. 무엇보다도 중요한 한 가지는 남자가 항상 자신의 곁에 있다는 사실이었다. 세상은 여자를 창녀 취급했으나 남자는 여자를 성녀처럼 대했다. 그렇다 하여 이 젊은 남녀가 육체적 순결을 맹세하지는 않았다. 오히려 그들의 섹스는 서로의 육체가 왜 서로를 위해 존재하는지 알려주는 지표가 되기도 했다. 중요한 건 남자는 여자의 정신적 순결을 되찾아주기 위해 무척 노력했다는 점이다.

그들은 해가 뜰 때쯤이 되어서야 긴 시간 이어지던 바다보기를 멈추었다. 둘은 바닷가에서 꽤 걸어야 나오는 여인숙에 급하게 방을 잡고 함께 누워 잠을 청했다. 베개와 이불은 하나로 족했다.

"이봐요 아저씨, 일어나봐요."

여자가 장난스레 남자를 깨웠다. 웃음기로 가득한, 장난스러운 여자의 목소리로 아침을 맞은 것에 야릇한 감격을 느낀 남자는 필시 이건 신이 내린 은혜라 생각했다. 비록 간밤에 급하게 잡은 허름한 여인숙이었지만, 여자의 순결을 구원한 대가로 남자의 낡은 인조가죽 지갑은 얇아졌지만, 이런 은혜를 내릴 수 있는 존재는 오직 신뿐이리라. 그것이 바다의 신이든 하늘의 신이든 그에게는 중요치 않았다. 남자는 농담 반 진담 반을 섞어 진지한 낯을 띄며 말했다.

"만약 이 세상에 신이 존재한다면 그건 너일 거야."

여자는 콧방귀를 뀌며 손바닥으로 남자의 얼굴을 밀어내며 일어섰다. 이불이 내려가며 드러나는 여자의 몸은 아침 햇살 탓인지 아니면 본래 피부에서 빛이 나는 건지 광채가 돌았다. 남자가 낮은 신음을 뱉으며 말했다.

"너, 다시 이리로 들어오는 게 좋겠다."

"왜?"

"눈부셔서 일어날 수가 없어."

여자가 크게 웃고는 이불 속에 얌전히 들어가 있는 남자의 몸을 발로 마구 밟는 시늉을 하며 다시금 웃어 보였다. 남자의 입은 웃고 있었지만, 그 마음은 존재하는지 모를 어떤 존재에게 끊임없이 빌고 있었다. '신이시여! 이 순간이 제발 꿈이 아니기를. 이 순간이 영원하기를.' 그들은 여인숙 근처에서 대강 성의 없고 값싼 식사를 마친 뒤에 허름하고 오래돼 보이는 슈퍼에서 술과 갖가지 먹거리를 사서 바다로 달려갔다. 그들은 밤새 바닷가에 머물러 먹고, 마시고, 온갖 이야기들을 나누며, 서로에게 사랑을 표했다. 남자가 말했다.

"너는 왜 바다를 좋아해?"

"흠, 세상에서의 도피처랄까."

남자는 말을 꺼내려다가 말았다. 여자가 말했다.

"너는 바다가 별로야?"

"아니, 바다 좋아. 근데 바다보다는 바다를 보는 네가 좋아."

여자가 환하게 웃었다. 잠시 뒤 여자가 말했다.

"신은 존재할까?"

"글쎄, 있으면 좋겠어?"

"응."

"어떤 이유로?"

"그냥."

남자는 여자가 신이 있기를 바라는 이유를 짐작하고 있었지만 티 내지 않았다. 남자가 말했다.

"신이 있으면 세상이 좀 더 재밌을까?"

"이미 있을지도 모르지."

"있는 것 치곤 세상이 너무 혼란하다."

"신이 스릴 있는 걸 좋아하나 보지 뭐."

여자의 말에 남자가 웃으며 말했다.

"나한테 네가 신이야."

그 말에 여자가 기분 좋게 찌푸리며 말했다.

"뭘 자꾸 나더러 신이래."

남자가 분위기를 가라앉히며 차분하게 말했다.

"네가 없으면 내 세상은 존재하지 않으니까. 나한텐 네가 신이나 다를 바 없어."

여자가 나지막이 답했다.

"응…."

남자는 여자를 세게 끌어안았다. 여자는 남자에게 세게 끌어 당겨졌다.

그날 밤 남자는 술에 잔뜩 취한 상태로 모래밭에 누워 잠들었다. 두어 시간이 지난 새벽녘에 낮은 신음을 토해내며 일어나 어딘가 느껴지는 허전함에 주위를 둘러보았다. 여자가 없었다. 자신의 곁에 있어야 할 사람이 없으니 조금은 불안했지만 볼일을 보러 갔나 싶어 십 분 남짓을 멍하니 앉아 있었다. 여자에게 전화를 걸었다. 휴대전화의 전원이 꺼져 있었다. 뒤늦게 직감적으로 뭔가 잘못됐음을 느낀 남자는 온 바닷가를 정처 없이 돌아다니며 여자를 찾아 헤맸다. 한 시간이 지나도록 여자의 이름을 부르짖었지만 돌아오는 건 황량한 새벽 바다의 파도 소리뿐이었다. 남자가 미친 듯이 뛰어다니며 찾은 거라곤 파도에 떠밀려 모래밭으로 올라온 여자의 샌들 한 짝뿐이었다. 결국 여자를 찾지 못한 남자는 패닉에 빠져 정상적인 사고를 할 수조차 없었다.

'아, 아, 제발, 제발, 제발 신이시여, 지금 이게 꿈이게 해주세요. 제발 부탁드립니다. 제발.' 남자는 머리를 쥐어뜯으며 모래 바닥을 뒹굴 듯 기어 다니다 문득 생각이 들어 떨리는 손으로 간신히 경찰서에 신고했다. 무슨 경찰서이고 무엇을 도와드리냐는 경찰관의 멘트에 남자는 잠시 머뭇거리다 경찰이 전화를 끊기 직전 토해내듯 말했다.

"여자 친구가… 바닷가에서 사라졌어요. 도와주세요… 제발."

경찰관은 남자를 진정시키며 위치가 어디냐고 물었다.

"여기… 여기… 바닷가인데요…."

경찰관이 조금은 짜증 섞인 목소리로 말했다.

"바닷가 어디요. 주변에 뭐 보이는 거 없어요? 보이는 데를 말해 보세요. 보이는 데를."

남자는 다급하게 주변을 둘러보았고 주변에는 딱히 별게 없어 다시 아까의 위치로 빠르게 뛰어갔다. '아, 빌어먹을. 아까 내가 어디에 있었더라.' 남자는 오만 생각을 하며 정처 없이 뛰다가 그들이 먹던 음식들의 잔해를 보며 그제야 주변을 확인했다. 무슨 무슨 해물 칼국수집이라고 말하자 경찰관은 자주 온 식당처럼 곧바로 알아들으며 그곳에서 기다리란 말을 당부하며 통화를 끊었다.

'아, 신이시여! 제발, 제가 오늘부로 당신의 종이 되겠나이다. 개보다 못한 당신의 종이 되겠나이다. 부디 아무 일 없게 해주소서. 당신이 짖으라면 짖고, 네 발로 기라면 기겠으니, 부디 자애로운 신이시여, 돌아오게 해주소서.'

남자는 동이 틀 때까지 어떤 절대적인 존재에게 빌고 또 빌었다. 한나절 만에 신에게 아까와는 정반대의 바람을 비는 모습은 무력하다 못해 처량하다. 남자의 심정이 어떻고, 누구에게 뭘 빌든 바다는 깊고 말이 없다. 파도는 얕고 그에게 아무것도 돌려주지 않는다.

…

남자는 홀로 바다에 왔다. 아주 오랜 시간이 지나서야 여자가 좋아하던 바다에 왔다. 홀로 찾은 가을 바다는 황량하기 그지없다. 더욱이 딱히 관광지도 아닌 바닷가를 가을에 찾을 사람은 몇 없는 게 이치에 맞을 테다. 날이 꽤 쌀쌀맞음에도 의외로 사람이 몇 보이긴 했다. 남자는 그중 한 손은 사내아이가 탄 유모차를 밀고 남은 손으로는 어린 딸아이의 손을 쥔 채 길을 가는 여인을 봤다. 흔한 무명 여인의 뒷모습에서 왜인지 성모 마리아의 기풍이 번진다. 남자는 대부분의 종교와 신화에서 신의 형상을 인간으로 묘사하는 표현법을 썩 좋아하지 않았다. 아마도 어쩌면 정도의 동의는 표하지만 한편으로는 그러지 않기를 바랐다. 인간이 불완전하다는 걸 너무나 잘 알기 때문이다. 아름답고도 역겨운, 악하고도 여린 존재. 인간은 꽃과 닮았다. 그리고 벌레와 닮았다. 그런데 인간에게는 우주가 담겼다. 남자는 이런 것들이 웃기지도 않은 자연의 섭리, 우주의 진리 나부랭이라고 여겨 쓴웃음을 지으면서도 그것에서 벗어나지 못해 남은 반나절을 들여 곱씹었다. 그날 저녁 남자는 값싸고 성의 없는 식당에서 대충 끼니를 때운 뒤 바닷가에서 1킬로미터 남짓 떨어진 허름한 여인숙에서 하루를 보냈다.

3년 전 그날, 신께서는 남자의 기도를 들어주셨다. 단지 그의 기도가 자세하지 않았던 탓에 여자는 형사를 대동한 채 차가운 시신이 되어 남자에게 돌아왔다. 형사는 남자에게 둘의 신분을 물었다. 남자가 얼이 빠져 아무 말도 못하자 형사는 남자를 차에 태우고 경찰서로 향했다. 그때 남자는 아무것도 생각할 수 없는 상태기에 몰랐지만, 경찰 측에서는 남자를 살해 용의자로 판단했다. 키가 작고 통통한 체형의 중년 형사가 남자에게 물었다.

"그래서 본인은 술에 취해서 잠들었다는 거예요?"

남자는 형사의 말이 귀에 들어오지 않았다. 남자가 아무 말이 없자 형사가 언성을 조금 높여 되물었다.

"꼭 해야 하는 확인 절차입니다. 대답해주세요."

"예. 맞습니다."

남자는 자꾸만 반복되는 진술 강요에 지쳐 짜증이 날 법도 했지만 이상하게 아무런 감정도 들지 않았다.

웃기지도 않았지만 세상에서 여자의 유일한 보호자는 남자였다. 여자의 행방을 마지막까지 지켜본 유일한 사람도, 유일한 살해 용의자도 남자였다. 그럼에도 남자는 여자의 행방에 대해 아무것도 아는 게 없었다. 그 사실은 사람들로 하여금 남자를 더욱 의심스러운 놈으로 만들었다. 남자는 남들이 주변에서 뭐라건 아무 말도 귀에 담기지 않았다. 단지 자신을 무한히 저주할 뿐이다.

'왜 나는 또다시 무력할까. 내가 가장 잘 아는 게 너인데, 내가 가장 사랑하는 게 너인데, 네 마지막에 대해서는 왜 아무것도 알지 못할까.'

끝내 경찰은 수사를 위해 여자의 시신을 부검했다. 아무런 타살 흔적 없이 깨끗한 게 증명이 되고서야 그가 받던 의심의 반 정도를 덜 수 있었다. 남자는 부검을 마친 여자의 시신을 보고 구토가 올라왔다. 시신의 상태 때문이 아니라 자기 자신에 대한 격한 역겨움이 깊은 곳으로부터 올라왔기 때문이다.

'너를 지키지 못한 건 나다. 난 너를 지키지 못했다. 너를 죽인 건 나다.'

미궁에 빠졌던 죽음은 시간이 조금 흐른 뒤 자살로 마무리되었고 남자는 텅 빈 집으로 돌아왔다. 여자가 죽었다. 남자의 남은 삶, 두 번 다시는 여자를 볼 수 없다. 여자를 안을 수 없다. 여자와 대화를 나누며 웃을 수 없다.

남자는 멀미가 났다. 몇 날 며칠 동안을 어지러움이 가득한 눈물이 자꾸만 눈가로부터 새어 나왔다. 손으로 틀어막아도 멎을 기미는 보이지 않았다. 누군가 자신을 아무것도 보이지 않는 어둠 속에 감금한 듯 남자는 앞이 보이지 않았다. 아무것도 존재하지 않고 오직 어둠만이 드리운 흑암의 늪에서 누군가 톱날로 전신을 도륙하는 고통을 느꼈다. 보이지 않으니 막을 수 없다. 벌거벗었으니 피할 수 없다. 고통이 느껴지니 외면할 수 없다.

남자의 정신은 날이 갈수록 피폐해졌고 결국 남자의 가족들은 그를 정신병동에 입원시켰다. 그후 남자는 정신병동에서 3년이라는 시간을 보내며 여자에 대한 글을 쓰기 시작했다. 그리움에서 시작된 작문은 남자의 삶이 끝나기 전까지 마무리 지어야 할 소명으로 뒤바뀌었다. 정신병동에서의 속죄를 마무리 지은 뒤 3년 만에 바다를 보러 세상에 나온 뒤에야 남자는 자신의 글은 이미 완결되었음을 깨달았다. 바닷가의 허름한 여인숙에서 남자는 노트의 글에 마침표를 찍었고, 삶의 소명을 매듭지었다. 이 글만 마치면 대격변이 일어날 것만 같았는데 글을 끝마쳐도 남자에게는 아무런 일도 일어나지 않았다. 고요하다. 정적뿐인 여인숙의 꿉꿉한 장판 위에 드러누워 있는 남자에게 갑작스레 파도가 친다. 그는 익숙한 듯 당황하지 않고 숨을 꾹 참는다. 남자는 여자를 떠올리며 생각한다.

'파도는 얕다. 바다는 깊다. 그러니 너는 걱정하지 말아라, 나는 파도에는 죽지 않는다.'

제아무리 파도가 덮쳐와 봐라. 파도에 젖을지언정 잠겨 죽지 않는다. 본래 인간은 그런 존재다. 여자 역시 파도에 죽지 않았다. 바다의 품에 제 발로 걸어 들어갔을 뿐이다. 여자는 온 생애에 걸쳐 세상의 파도로부터 매질을 맞아왔다. 그럼에도 여자는 파도를 피해 뭍으로 도망가지 않았다. 오히려 더 큰, 자신을 영원한 안식으로 이끌어줄 존재를 맞으러 가기 위해 파도에 맞서며 바다로 걸어 들어갔다.

"바다에 가지 않을래."

꿉꿉한 장판에 누워 있던 남자는 여자의 환청이 들리며 문득 바다가 보고 싶어졌다. 발작적으로 든 바다에 대한 갈망은 당장에 여인숙의 낡은 방에서 뛰쳐나가고 싶게 만들었다. 여자가 세상을 떠난 이후 자꾸만 누군가 그에게 돌을 던진다. 남자는 날아오는 돌을 피하지 않는다. 맞서지도 않는다. 그저 맞는다. 허리춤에 맞고, 정강이에 맞고, 머리에 맞는다. 피가 나지 않아도 아프다. 어느새 남자는 거대한 돌탑처럼 돌무더기에 갇혀 있다. 돌무더기에 묻혀버린 뒤 머릿속에는 오로지

한 단어만이 떠오른다. 죽자.

인간이 걸어야 할 곳은 꽃밭인데 어느 젊은 연인은 벌레들의 소굴을 거닐었다. 이제 남자가 해야 할 일은 이 더러운 소굴에서 벗어나는 거다. 자신이 속했던 유일한 우주가 소멸했듯이 그의 우주 또한 소멸될 뿐이다. 남자는 벌레들의 유토피아를 방치할 바에는 자신의 우주를 거두어들일 것이다. 그렇게 함으로써 남자는 인간으로서의 마지막 자존을 지킬 것이다. 일가족을 살해하고 전장으로 나서는 어느 미친 장수의 결단처럼 남자는 결연하고 처량한 결심으로 마음을 다잡고 밤바다로 나섰다. 다신 돌아오지 않으리란 다짐을 품고 신발조차 신지 않았다. 여인숙의 주인 할머니는 남자가 맨발로 방을 나서자 말을 걸었다.

"아니, 이보쇼 젊은이, 왜 맨발로 나가슈."

"바다에 갑니다."

여인숙 주인은 되물었다.

"그런데 왜 맨발로 가냐니까는?"

"바다에 들어갈 거라서요."

여인숙 주인은 더 묻지 않고 고개를 저었다. 남자가 맛이 갔다고 생각한 모양이었다. 남자는 허름한 여인숙에서 바닷가까지 십 분 남짓을 뛰다시피 걸었다. 길게 늘어선 바닷가의 한산한 식당가에 들어서자 그나마 몇 없는 사람은 대부분 술에 취해 쓰러져 있거나 일부는 남자를 쳐다보며 수군거린다. 그런 사람들을 보며 남자는 마음속으로 외쳤다. '벌레들이여 잘 있거라.'

일순간에 부르트고 상처투성이가 된 발을 질질 끌며 도착한 밤바다는 하릴없이 아름답다. 바다의 비릿한 내음은 그를 끌어당기는 감미로운 꽃향이요. 파도를 막아서는 모래밭은 피로 물든 두 발을 감싸는 대지의 여신이다. 남자는 모래밭에 풀썩 드러누워 벅찬 호흡을 고르며 밤하늘을 바라봤다. 어두운 배경 속 드물게 뜬 별들이 눈에 든다. 사람이 빛나는 만큼 그 사람의 은하수에 별이 뜬다면 여자의 우주는 공백 없이 별들로 가득 찼을 것이다. 이제 여자의 우주는 어둡지 않으리라.

남자는 두근거렸다. 약간의 두려움과 함께 미지의 방향으로 나아간다는 사실에 대한 불확실성과 흥분이 공존했다. 지금 어디로 나아가려 하는가. 옳은 방향으로 나아가는 것인가. 아무것도 알 수 있는 건 없었지만 그럼에도 어쩌면 여자가 있을 어느 온화한 들판에 갈 수 있지 않을까 하는 기대감에 괜스레 쓴웃음이 지어졌다. 다름 아닌 이 모든 희망 사항이 '어쩌면'에 해당한다는 사실이 남자의 웃음에서 쓴맛이 나게 만들었다. 이 모든 게 아무런 의미조차 없을지 모른다. 아마도 남자는 모든 거짓을 알고 있다. 모든 진실을 부정하고 있다. 모든 신앙을 믿고 있다. 그러나 남자에게는 이제 삶에 있어 깨닫게 되는 진실들은 중요치 않았다. 모든 진실은 의심한 채 진위 여부를 알 수 없는 모든 진리를 믿었다. 그것이 나쁘다 말하지 말라. 남자가 품은 유일한 생존법이었으니까.

남자는 모래 범벅인 주머니에서 꾸깃꾸깃한 종이 한 장을 꺼냈다. 그리고 자신이 적은 마지막 구절을 쓸쓸히 읽어 내려갔다. 세상의 허물은 그대로인데 오늘도 한 인간이 잉태된다. 내 허물은 그대로인데 오늘도 나는 살아간다. 네 허물은 벗겨졌는데 오늘도 죽은 이는 말이 없다. 남자는 밤바다의 부서지는 파도 위에 서서 지평선을 바라본다. 가을의 밤바다, 달아올랐던 그의 두 발은 이제 뜨겁지 않다. 남자는 서서히 발목으로부터 허리춤에 다다를 때까지 바닷속을 거닌다. 남자는 더 깊이, 여자가 있는 곳까지 걸을 것이다. 오염된 토지의 벌레들은 바다로 들어오지 못한다. 남자는 이제 비로소 자유롭다고 느꼈다. 남자는 비로소 여자를 다시 만난다. 사람은 얕은 파도에는 죽지 않으리. 깊은 바다는 모두를 감싸 안으리. 남자의 마지막 글이 적힌 종이는 가을 밤바다 위를 둥실대며 떠다닌다. 가을밤 바닷가에는 아무도 없다. 남자의 행방은 아무도 모른다.

집 짓기
첫째 날과 둘째 날

이종건

—

건축 비평가

생게망게

하는 행동이나 말이 갑작스럽고 터무니없는 모양

글자 만든이 • 최원주

목조 주택은 물이 취약이다. 장마 기간 전에 뼈대투습방수지 마감와 지붕 작업을 끝내리라 일찍 서둘렀지만, 계획대로 되지 않는 것이 세상사의 원리다. 골조 공사 목수도 곡절 끝에 붙잡았고, 허가 절차도 상상할 수 없던 복병들을 만났으며, 기초 공사 목수 찾기도 어려워 착공일이 훌쩍 지체됐다. 노심초사로 나날을 보내다 마침내 땅을 건드리는, 집 짓기 첫날이다. 하필 생애 마지막 학기의 '비대면' 수업 시간이다. 세상의 모든 처음은 신비한 설렘으로 떨리는 법. 뜬 마음으로 수업을 마치고 부랴부랴 현장으로 스무 살의 차를 내몰았다.

현장에 들어섰더니 묘한 정적이 감싼다. 응당 바삐 움직여야 할 사람들도 그리 움직이지 않는다. 굴삭기포크레인로 파낸 흙과 돌들을 운반할 덤프트럭이 없어서다. 한창 공사철이라 굴삭기를 책임지라고는 했지만, 덤프트럭에 대해서는 말 한마디 없었다. 기초 공사 팀들과 굴삭기 기사 모두 자신들이 알 만한 곳을 다 연락해도 안 되니 첫날 작업을 마감하겠다는 것이다. 나는 생게망게 잠시 서 있다가 한쪽 구석으로 옮겨 뒤로 돌아서 말없이 검색구글링했다. 그리고 크게 외쳤다. "구했습니다. 오후 1시에 올 수 있답니다."

첫날의 주인공은 단연 굴삭기다. 땅을 파고 돌을 깨고 무거운 것들을 이리저리 옮기고 들어 올리고 차에 싣고, 그것 없이 할 수 있는 일은 아무것도 없는 것 같았다. 인간이 만든 도구의 위력을 새삼 실감했다. 흙을 덜어내고 덜어내어 마침내 부지가 판판해졌다. 그러자 땅이 이전보다 두 배 정도 넓어 보였다.

집짓기 둘째 날, 아침 8시에 맞춰 현장에 도착했는데 이번에도 이상하다. 인부들이 모두 보이는데 별 움직임이 없다. 이번에도 굴삭기가 문제다. 현장 입구 자리를 차지한 굴삭기가 고장이 나서 고철 덩어리 방해물로 전락했다. 생게망게 기다릴 뿐 뾰족한 수가 없다. 정비공이 점심시간까지 애썼다. 8시에 현장 일이 시작된다고 했지만, 실상은 7시쯤 작업을 시작하는 것 같으니, 그렇게 보자면 모든 일꾼이 네다섯 시간을 속절없이 날린 셈이고, 굴삭기로 먹고사는 굴삭기 기사는 사나흘 임금을 날린 셈이다.

기초를 만들기 위해 땅을 파내는데 돌투성이다. 도무지 어찌 할 수 없는 거대한 암반부리도 고개를 내밀었다. 굴삭기가 힘이 부쳐 어렵게 파낸 땅을 도로 채우고 기초의 구조를 현장에서 바꿨다. 나이 오십이라는 '젊은' 기초 목수는 반석 위의 집이라며 위로한다. 반나절 작업으로 마친 둘째 날은 페달을 열심히 밟아 공회전을 한 꼴이다. 현장을 떠나 임시 거처로 돌아오니 마치 두어 달이 지난 느낌인데 겨우 이틀째다.

"느림 정도는 기억 강도에 정비례하고, 빠름 정도는 망각 강도에 정비례한다." 밀란 쿤데라의 말이다. 집 짓기만큼 강렬한 경험은 지나온 어떤 삶에서도 떠올리기 어렵다.

필연적 죽음과
생생한 삶

주
형
일
—
이미지 비평가

•
시
방

말하는 바로 이때에

글자 만든이 • 최정인

요즘은 시간이 왜 이리 빨리 가는지 모르겠다. 아침에 일어나 출근했다 싶으면 어느새 점심시간이고 식사 후에 잠깐 덤벙대다 보면 어느덧 저녁을 먹을 때가 돌아온다. 하루가 이렇게 흐르니 일주일, 한 달, 일 년이 그야말로 눈 깜빡할 틈에 지나가 버리는 느낌이다. 같은 하루, 같은 일주일이 어릴 적에는 그렇게도 길게 느껴졌는데 말이다. 나이가 들수록 시간이 빠르게 간다고 하는 어른들의 이야기를 비로소 실감하고 있다. 시간이 너무나 빨리, 그리고 덧없이 흐른다고 느낄수록 도대체 시간이란 무엇인가라는 의문이 든다.

우리가 시간을 느끼는 것은 의식과 주위 환경의 변화를 통해서다. 현상의 변화를 통해 시간을 인지하는 것이지 시간 자체를 접하는 것은 아닌 셈이다. 따라서 시간이 무엇인지를 알려는 노력은 곧 큰 어려움에 봉착한다. 시간은 우리가 가시적으로 확인할 수 있는 물건이 아니다. 시간은 무한하고 보편적으로 어디에나 존재하기 때문에 경계나 윤곽을 가늠할 수가 없다. 시계처럼 시간을 표시하는 도구조차도 결국은 공간을 측정함으로써 우회적으로 시간을 나타내는 것이기에 그런 도구를 통해 시간에 접근하기도 어렵다. 게다가 시간은 끊임없이 흘러간다. 한 번 흘러간 시간은 결코 돌이킬 수 없다. 오지 않은 시간은 알 수 없다. 결국 우리에게 시간은 오직 우리가 인식하는 그 순간에만 존재한다.

사실 시간은 공간과 함께 우리의 존재 자체를 가능하게 하는 조건이다. 내가 존재하는 순간부터 내 몸이 일정한 공간을 차지하는 것처럼 생각하는 행위 자체가 시간 속에서 행해진다. 메를로퐁티의 말처럼 "공간이 내 몸을 통해 인지된다."면 시간은 내 의식이 존재한다는 사실에 의해 파악된다. 내 의식이 시간 속에서 시간에 의해서만 존재하기 때문에 내가 시간에 대해 생각하는 것 자체가 시간의 발현이다. 그렇기에 성 아우구스티누스는 시간이 무엇이냐는 질문에 이렇게 답했다. "아무도 내게 시간이 뭐냐고 묻지 않는다면 나는 시간을 안다. 하지만 누군가가 그것을 물어본다면, 그리고 내가 그 질문에 대답하려 한다면 나는 더는 시간을 알지 못한다."

칸트는 시간이란 외부 세계에 별도로 존재하는 현상, 즉 우리가 지각할 수 있는 대상이 아니라 우리의 지각이나 의식 자체를, 결국은 존재 자체를 가능하게 하는 내적 조건이라고 했다. 시간은 우리 자신에 대한, 우리의 내적 상태에 대한 직관, 즉 '감성의 선험적 순수 직관'이다. 시간은 우리의 존재로부터 도출되는 개념이 아니라 우리의 존재를 가능하게 만드는 것이며 존재에 선행하는 것이다. 따라서 존재한다는 것은 시간 속에 있다는 말이다. 시간을 벗어나면 존재도 없다.

우리의 존재 조건이 되는 시간은 두 가지 중요한 속성을 갖는다. 첫째, 시간은 움직임과 변화라는 형태를 통해 나타난다. 시간은 연속적으로 움직이는 흐름이다. 연속된 움직임이나 변화가 없는 것은 시간을 초월한 것이며 시간과는 무관한 것이다. 둘째, 시간은 되돌릴 수 없다. 한번 지나간 시간은 절대 돌아오지 않는다. 한번 체험된 것은 다시는 같은 방식으로 체험되지 않는다. 시간의 불가역성은 아쉬움이나 후회와 같은 감정뿐 아니라 타임머신과 같은 환상적 욕망을 만들어내는 원인이 된다.

이 두 속성의 결과로 모든 만물에, 특히 인간에게 결정적 영향을 미치는 현상이 등장한다. 그것은 바로 죽음이다. 시간을 존재의 내적 조건으로 가진 인간에게 삶이란 피할 수 없는 죽음을 종착역으로 두고 쉼 없이 변화하는 과정이다. 산다는 것은 매 순간 죽음에 맞서 싸우면서 자신을 보존하는 일이라 할 수 있다. 변화를 거듭하다 결국은 죽을 수밖에 없는 유한한 육체, 그리고 육체의 유한함을 인식하면서 상상을 통해 무한함을 꿈꾸는 의식 사이의 엇박자는 죽음의 필연성을 더욱 도드라지게 만든다.

죽음을 무서워하든지, 거부하든지, 받아들이든지에 상관없이 죽음의 필연성을 명확히 인식하는 인간은 유한함을 초월할 수 있는 무한함을 찾는다. 불사의 꿈. 죽지 않고 영원히 사는 것. 인간은 적어도 세 가지 방법을 통해 이 꿈을 실현하고자 한다.

하나는 역사적 기억을 통해서다. 거대한 건축물, 기념비, 기록물 등을 제작해 남김으로써 단지 개인뿐 아니라 한 사회, 한 문명에 대한 기억을 영원히 전하고자 한다. 이것은 존재가 죽음에 의해 사라지고 잊히는 것을 막고자 하는 사회적 노력이다.

또 하나는 종교에 의존하는 것이다. 많은 사람이 초월적 존재를 믿으면서 죽음 이후의 다른 삶을 상상함으로써 현생보다는 더 올바르고 평화롭고 나은 삶을 기대한다. 죽음을 단순한 소멸로 보지 않고 종교적 의미를 부여함으로써 죽음 자체를 극복하려 하는 노력인 셈이다. 신앙은 죽음을 극복하도록 돕는 개별적 수단이다.

마지막 방법은 사색과 탐구를 통해 절대 진리를 구하는 것이다. 수없이 변하는 현상들을 관통하는 원리로서의 진리는 정의상 변하지 않는 것이다. 진리는 영원하며 시간을 초월한다. 따라서 진리를 추구하는 것은 영원에 다가서는 길이다. 진리를 발견하고 소유하는 것은 영원을 이해하는 길이라고 할 수 있다. 진리를 발견함으로써 얻게 되는 지혜는 시간이 주는 모든 고통으로부터 인간을 해방할 수 있다.

이 세 방법은 힘없고 의심 많고 치밀하게 사고하지 않는 우리 같은 보통 사람이 택하기는 힘든 방법이다. 그렇다면 평범한 우리는 어떻게 시간 속에서 죽음을 극복하는가? 우리는 죽음을 극복하지 못한다. 단지 그것을 잊어버리려 할 뿐이다. 그래서 선택하는 것이 오락이다. 파스칼에 따르면 우리는 끊임없는 소란과 흥분을 통해 자기의 존재 조건을 잊어버리려 한다. 이런 현실 도피 행위를 파스칼은 오락이라고 한다. 일반적인 생각과는 달리 오락은 현재를 즐기는 행위가 아니다. 오락은 우리가 현재에서 벗어나 항상 미래를 준비하는 상태에서 살도록 함으로써 현재 문제를 잊도록 만드는 것이다. 예를 들어 장례식은 떠들썩하고 분주할수록 제 기능을 발휘한다. 사람들이 의례적 절차, 행정적 절차, 조문객들의 접대에 신경 쓰며 분주하게 보낼수록 고인의 생전 모습에 대해 되풀이해서 이야기하고 이야기할수록 우리는 죽음에 대해, 자신의 유한함에 대해 진지하게 생각할 시간을 가질 겨를이 없기 때문이다. 쉴 틈 없이 계속해서 밀어닥치는 가까운 미래의 사건들에 집중하도록 만들면서 죽음이란 현재의 사건을 잊게 만드는 것이 장례식의 기능이다. 장례식은 결국 살아 있는 사람들을 위한 오락인 셈이다. 오락을 통해 현재는 미래를 향한 움직임 속에서 실종되고 시간과 죽음에 대한 우리의 의식도 사라진다. 하지만 오락은 현재를 충실히 즐기게 하기는커녕 미래를 향해 끝없이 움직이도록 우리를 강제하면서 결국은 실현되지 않는 미래와 풀리지 않는 현재 사이에서 우리에게 허무와 절망만을 안겨준다.

불사를 꿈꾸든, 오락에 탐닉하든 시간과 관련한 우리의 근본 문제는 우리가 시간을 싸워 이겨야 할 적으로 간주한다는 사실에서 발생한다. 시간과 싸운다는 것은 노화와 싸우는 것이고 결국은 죽음과 싸우는 것이다. 그런데 내 의식, 내 정체성이란 것이 시간 속에서 시간에 의해 형성되고 변한다는 것을 생각해보면 시간과 싸운다는 것은 결국 자신과 싸우는 일이 되지 않을까? 현재의 자기 모습을 받아들이지 않고 과거의 모습에 집착하거나 미래의 가상적 상태에 의지하려는 것은 현재의 자신에게 더 큰 상실감과 상처를 주는 일일 것이다.

그런 점에서 "인간의 모든 불행은 단 한 가지 점에서 기인한다. 그것은 바로 방 안에서 편히 쉴 줄을 모른다는 것"이라는 파스칼의 말은 일리가 있다. 방 안에서 쉰다는 것은 현재의 자신을 충실히 느끼고 직시한다는 것이다. 그것은 고대 그리스인의 생각에 따르면 크로노스Kronos로서의 시간에서 벗어나 카이로스Kairos로서의 시간을 갖는 것이다. 크로노스가 우리의 의지와는 관계없이 끊임없이 흘러가는 객관적 시간이라면, 카이로스는 객관적 시간과 무관하게 우리가 느끼는 시간이다. 카이로스는 우리가 어떤 것에 몰두하면서 시간 자체를 잊어버리는 시간이다. 따라서 시간이 존재하지 않는 시간이라고 할 수 있다. 시간에 쫓기지 않는 상태, 시간의 요구에 굴복하지 않는 상태에 머무는 것이 바로 카이로스로서의 시간을 경험하는 일이다.

크로노스에 의해 지배 당하거나 쫓기지 않게 되면 결국 자기 자신 안으로 조용히 들어가 생각하는 것이 가능해진다. 그런데 현재를 충실히 느끼면서 카이로스의 시간을 갖는 일은 어떤 의미에서는 자신에 대한 성찰을 요구하는 것이기에 고통스러울 수 있다. 그 고통이 두려운 사람들은 과거나 미래에 집착하면서 현재를 잊고자 한다.

시간과 맞서 싸우는 일은 오히려 쉽고 편하다. 시간과 싸우는 것은 자신을 잊는 일이기 때문이다. 그것은 끊임없이 현재의 자신으로부터 도망치도록 만든다. 시간이 우리에게 주는 문제를 더 용기 있게 수용하고 해결하고자 한다면 시간과 맞서 싸우기보다는 시간과 화해해야 한다.

내가 사는 시방 여기는 너무나 생생하다. 하지만 현재의 생생함을 즐기는 것은 생각보다 쉽지 않은 일이다. 현재 그 자체에 집중하는 경우가 드물기 때문이다. 우리는 삶의 시간 대부분을 현재가 아니라 과거에 대한 회상과 집착, 미래에 대한 걱정과 준비에 바친다. 현재의 시간이 과거와 미래를 위해 소비되는 것이다. 과거의 일을 반성하고 후회하며 그 뒤처리에 매달리거나 과거의 좋았던 일에 만족하며 추억을 되새김질하는 사람들, 미래에 해야 할 일에 대한 걱정과 됐으면 하는 일에 대한 바람으로 오로지 미래를 위해서만 투자하는 사람들. 우리는 대개 전자나 후자 중 하나에 속하지 않는가?

인간의 의식은 시방 여기에만 존재하기에 인간은 오직 현재만을 사는 존재라고 할 수 있다. 현재만을 사는 인간이 그 현재를 과거와 미래를 위해서만 사용한다는 것을 어떻게 받아들여야 할까? 아이들만이 다른 잡념 없이 현재를 즐기는 것처럼 보인다. 하지만 그 아이들도 조만간 숙제 준비, 시험 걱정 등으로 하루를 채우기 시작한다. 그들이 걱정하고 준비해야 할 과거와 미래의 일들은 시간이 갈수록 산더미처럼 불어나기만 한다. 과거와 대한 반성과 미래에 대한 준비는 인간 의식이 확장된 결과며 따라서 오직 인간만이 과거와 미래를 위해 현재를 사용한다고 할 수도 있다.

모든 존재는 항상 현재를 산다. 과거와 미래는 사실 존재하지 않는다. 구체적으로 존재하는 것은 현재뿐이다. 그런데 현재를 즐기는 것과 현재를 사는 것은 다르다. 현재를 즐긴다는 것은 의식의 지향점이 현재에 있다는 말이다. 현재를 산다는 것은 의식이 과거나 미래를 지향한다는 의미다. 과거에 집착하거나 미래만을 염두에 두는 경우 우리는 단지 현재를 살아갈 뿐 현재를 즐긴다고 할 수 없다.

의식이 현재를 지향한다는 것은 무슨 의미인가? 그것은 인간이 자신의 존재를 가능하게 만든 현재의 조건을 직시한다는 뜻이다. 즉 현재 속에서만 구현되는 삶의 본질을 꿰뚫어 본다는 말이다. 과거는 사라진 것이며 미래는 아직 오지 않은 것이다. 오직 현재만이 생생함을 갖고 경험된다. 그 생생함을 의식이 포착할 때 삶의 희로애락이 온전히 드러난다. 우리가 현재의 희로애락을 과거나 미래의 문제로 돌리지 않고 시방 우리에게 닥친 것으로 받아들인다면 우리는 인간 존재의 유한함이나 불가피한 죽음의 의미에 대해 차분히 성찰할 수 있게 된다.

어떻게 하면 더 돈을 많이 벌 수 있을까, 어떻게 하면 더 좋은 성적을 낼 수 있을까, 이런 고민 속에서 끊임없이 미래에 매달려 살게 되면 현재는 단순히 미래를 위해 소모되는 시간으로 치부된다. 계속 미래에 매달리면 자신이 처한 상황의 본질적 문제를 발견할 길이 없다. 그저 남이 만들어준 상황 속에서 남이 시키는 대로 남과 마찬가지로 경쟁하며 아등바등 살아갈 수밖에 없다. 왜 우리는 그렇게 살 수밖에 없는가? 질문의 답은 현재에 집중함으로써만 얻을 수 있다. 남이 만들어 놓은 틀 속에서 닥쳐오는 미래를 고민하며 개인적 희생이나 도피로 현재를 소모하는 것은 자신의 본질적 상황을 근본적으로 해결하지 못한다.

우리의 의식이 현재에 집중할 수 있는 시간적 여유를 가질 때 비로소 우리가 처한 상황에 대한 정확한 이해가 가능하고 본질적 문제를 해결할 방법을 찾을 수 있다. 이것은 현재를 즐겁든, 고통스럽든, 온전히 즐길 때 가능하다. 현재의 삶은 과거의 향수로 변하거나 미래를 위해 희생해야 하는 것이 될 때 더는 생생한 것이 되지 못한다. 현재를 생생하게 즐기지 못하고 미래를 걱정할 때 현재의 것은 이미 과거의 것이 된다.

현재를 온몸으로 느낀다면 삶은 항상 죽음보다 한발 앞서 있게 된다. 시방 생생한 삶의 조건을 이해하기 위해 노력할수록 우리의 삶은 풍요로워진다. 미래의 죽음보다는 현재의 삶이 더 소중하고 아름답다는 것을 깨닫기 때문이다. 과거나 미래에 집착하고 걱정하는 사람은 결국 현재마저도 포기하게 된다. 다가올 죽음에 대한 공포로 자살하는 사람은 아마도 극단적인 사례가 될 것이다. 비록 현재의 체험이 너무나 고통스럽다고 하더라도 그것 또한 삶의 풍요로움을 구성한다. 현재의 생생함을 과거의 허상으로 대체하거나 오지 않은 미래로 미루는 순간 우리는 죽음에 굴복하게 된다. 현재에 충실하지 않고 과거나 미래에 집착하는 시방 죽음은 삶을 압도한다.

금지자들

정명섭

소설가

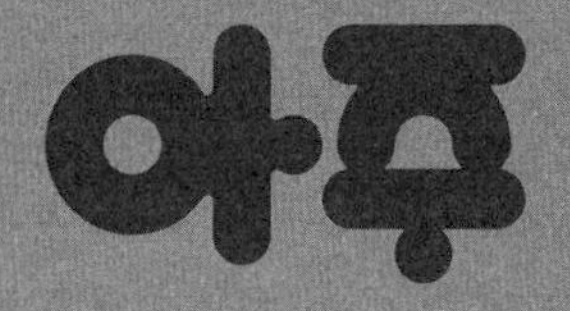

보통 정도보다 훨씬 더 넘어선 상태로

글자 만든이 • 박정우

여자가 사라졌다. 부사를 사용했다는 죄로 말이다. 우리 둘은 데이트 중이었다. 데이트라고는 하지만 도시 외곽에 가서 바깥과 차단하는 에너지 장막을 구경하는 게 전부였다. 지하 발전 시설에서 만들어지는 전기에 시즈 에너지를 섞은 장막은 무지개색이었다. 에너지 장막 덕분에 도시 안은 안전했다.

"아름다워."

내 말에 여자는 고개를 끄덕거렸다. 머리에 쓴 헤드셋은 끊임없이 부사를 사용하지 말라는 경고음과 함께 몇 가지 위험한 단어를 걸러내 줬다. 내가 방금 "아름다워."라고 할 때 앞에 '굉장히'나 '아주'라는 단어를 쓰지 말라는 신호음을 보냈다. 장막 아래 전광판에도 부사 사용 금지와 부사가 세상을 망친다는 단어가 스쳐 지나갔다. 그래서 사람들은 대답 대신 손짓과 발짓, 그리고 고개를 끄덕거리는 것으로 자신의 뜻을 드러냈다. 말수가 적어지고, 대화가 단절되면서 사람 사이의 교감이 줄어들었다. 그게 인류가 살아남을 수 있는 방식이라고 어머니가 말했다.

"부사는 인류를 멸망의 구렁텅이로 몰아넣을 뻔했어."

2백 년 전 서기 2122년, 일상화됐던 인공지능 강코르 63A가 폭주한 것이 시작이었다. 아직도 어떤 알고리즘이 작용했는지는 역사학자 사이에서 논쟁의 대상이었다. 물론 그 논쟁에서도 부사의 사용은 금지됐다. 어린 시절 나는 역사학자인 아버지가 논쟁 도중 강코르 63A가 '아주' 나쁜 인공지능이라고 얘기했다가 한동안 사라졌던 것을 기억했다. 몇 달 있다가 돌아온 아버지는 아주 묵직한 벌칙용 헤드셋을 쓴 채 나타났다. 그리고 아주 오랫동안 입을 열지 않았다. 헤드셋에서 경고를 해주지만 가장 좋은 방법은 침묵을 지키는 것이기 때문이다. 특히 벌칙용 헤드셋은 사용자가 부사를 사용하면 바로 작동해버린다. 도시를 걷다 보면 늘 마주치는 홀로그램에서 벌칙용 헤드셋이 어떻게 사용자를 처벌하는지 실시간으로 보여줬다. 나는 평범하게 사는 게 좋았기 때문에 고분고분하게 지냈다. 그러면 교육부터 직장까지 도시 재건국에서 알아서 챙겨줬기 때문이다. 그래서 의도적으로 부사를 사용하려고 하거나 헤드셋을 파손하는 일을 하는 사람들을 이해하지 못했다. 재건국에서는 그런 인간의 행동을 래빗과 비슷하다고 분류했다. 무작정 앞을 따라가다가 절벽에서 떨어지거나 물에 빠져 죽는 것에 비유한 것이다. 강코르 63A의 폭주도 래빗과 비슷했다. 하필이면 강코르 63A가 맡았던 분야가 핵무기 감시였던 것도 비극의 시작이었다. 서로 사이가 미국과 러시아가 비난 성명을 주고받고, 국민이 시위를 벌이는 것을 보고, 인류를 지키기 위해서는 선제적으로 움직여야 한다고 판단한 것이다. 그래서 자신의 통제 아래 있던 핵무기들을 발사해서 두 나라를 지도상에서 지워버렸다. 그러자 다른 나라들은 자신들도 공격을 당할까 봐 무작정 핵미사일을 발사해 버렸다. '파괴의 일주일' 동안 전 인류의 98퍼센트가 사라졌고, 96퍼센트의 육지가 방사능으로 오염됐다. 살아남은 인류 역시 방사능으로 오염된 세상에서 하나둘씩 죽어갔다. 그나마 유엔에서 미리 만들어 놓은 피닉스 시스템이 작동하면서 도시가 만들어졌다. 그리고 외부의 방사능과 정체를 알 수 없는 괴물들을 막기 위해 에너지 장막이 도시와 외부를 차단했다. 그 안에서 인류는 안전하게 살아남을 수 있었다. 피닉스 시스템은 인류가 왜 멸망 일보직전까지 가게 됐는지를 면밀하게 분석한 후 결론을 내렸다.

부사의 사용을 금지한다. 부사는 문장을 꾸며주는 역할을 하면서 본래의 뜻을 왜곡할 수 있으며, 인간의 감성과 욕망을 자극할 수 있기 때문이다.

그 이후 도시에서는 어떤 형태의 부사도 사용이 금지됐다. 홀로그램은 끊임없이 경고 영상을 보여줬고, 경고용 헤드셋에서도 인간의 뇌파를 인지해서 미리 경고했다. 경고용 헤드셋은 잘 때도 써야만 했고, 도시 곳곳에는 인간의 언어를 분석하는 마이크로 스피커가 설치돼 있었다. 부사는 인류가 없애야 할 악이자 머리에서 영원히 지워야 할 악마의 문법이었다. 그런데 나와 데이트하는 여자의 생각은 좀 다른 것 같았다. 피닉스 시스템에 의해 구축된 재건국에서 짝을 지워준 여자는 아르한 464라는 코드네임을 가지고 있었다.

"메기트 99, 저는 바깥 세상이 궁금해요."

에너지 파장을 지켜보던 여자의 말에 나는 고개를 저었다.

"저 밖은 방사능으로 오염된 괴물들이 득실거려요. 바깥은 위험해요."

하마터면 '아주'라는 부사를 쓸 뻔했지만, 경고용 헤드셋 때문에 참을 수 있었다. 그러느라 잠시 우물거린 나를 보던 아르한 464는 슬픈 미소를 지었다. 여자의 그런 모습에 나는 슬슬 불안해졌다. 재건국에 제공한 정보로는 여자가 13차례나 데이트 상대를 바꿨다는 점 때문이었다. 보통은 5번 안에 상대를 만나서 가정을 꾸렸다. 안 그러면 암묵적 불이익이 존재하기 때문이다. 예를 들어 중앙의 시티 라인에 있는 직장에 배정해주지 않고 지하 발전 시설로 내려보낸다든지 하는 식으로 말이다. 하지만 여자는 그런 것은 신경 쓰지 않아도 될 만큼 아름다웠다. 설사 안 좋은 직장에 배정된다고 해도 사람들이 이것저것 챙겨줄 만큼 말이다. 그래서 살짝 의심이 들었다. 왜 키나 외모 모두 평범한 나와 데이트를 하겠다고 승인했는지 말이다. 여자도 그런 내 생각을 읽었는지 이유를 설명했다.

"책을 좋아한다고 나와 있어서요."

"아!"

요즘 세상에 책은 굉장히 위험하고 복잡한 물건이었다. 비싸고 구하기도 어려웠다. 일단 재건국에서는 책에 나와 있는 모든 부사를 지웠다. 검은색으로 완전히 지워버렸는데 덕분에 한 페이지의 절반 가까이가 지워져 있을 정도였다. 나는 그걸 보면서 '위험한 부사를 많이 써서 멸망 직전까지 간 게 아닌가.'라는 생각이 들었다. 그런 처리 과정을 거친 탓인지 책은 쉽게 구할 수 없는 고가 상품이 됐다. 금속 태그가 붙어서 판매자와 사용자가 확인됐고, 도서관에서 대출되는 것도 신분이 확실해야만 했기 때문이다. 재건국의 언어 프로그램을 맡고 있던 나는 신원이 확실했기 때문에 책을 구할 수 있었다. 그것도 엄청 많은 신분 조회와 면접을 통과했기 때문에 가능했다. 정보는 재건국이 제공하는 홀로그램과 손목에 차고 다니는 웨어러블 기기로 충분히 얻을 수 있었다. 하지만 나는 책이 좋았다. 무미건조한 삶에서 유일하게 재미를 맛볼 수 있기 때문이었다. 그래서 재건국에서 나오는 지원금의 상당수를 책을 사는 데 썼다. 아르한 464는 내가 어떤 책을 좋아하는지 물었다.

"그냥 이것저것 다 좋아합니다."

"다음에 한번 보고 싶어요."

여자의 얘기를 듣는 순간 나를 만난 목적이 '혹시 책을 보고 싶었기 때문이 아닐까.'라는 의심이 들었다. 로봇 공장에서 조립하는 여자의 신분으로는 책을 사거나 도서관에서 빌리는 것이 불가능했기 때문이다. 잠시 고민하던 나는 고개를 끄덕거렸다.

"알겠습니다."

설사 그것 때문이라고 해도 여자와의 데이트를 위해서라면 기꺼이 가능하다고 생각했다. 내 대답을 들은 여자의 표정이 더 없이 행복해 보였다. 그런 생각을 깬 것은 장막 감시용 드론이었다. 은색의 둥근 구체에 반중력 자기장 장치를 날개처럼 단 드론은 우리 머리 위에서 멈췄다.

"에너지 장막 근처에서 30분 이상 머물 수 없습니다. 이동해주시기 바랍니다."

나는 주섬주섬 자리를 뜨려고 준비했지만, 여자는 아쉬움 가득한 표정으로 자리를 뜨지 못했다. 나는 여자의 손목을 잡고 자리를 떴다.

“오래 머물러 있으면 블랙 리스트에 올라갑니다.”

“이런 삶 지치지 않아요?”

여자가 삶이라는 단어 앞에 ‘너무’라는 부사를 쓸 뻔했다는 게 감지됐다. 나는 조심하라는 뜻으로 여자의 어깨를 두 번 두드렸다. 여자가 고맙다는 뜻으로 고개를 끄덕거리며 눈을 한 번 껌뻑거렸다. 그것으로 여자와의 첫 번째 데이트가 끝났다. 집으로 돌아온 나는 관련 보고서를 작성했다. 반드시 제출해야 하는 것으로 이걸 작성하기 귀찮아서 데이트를 안 하는 경우도 있었다. 투명 디바이스로 된 화면에 가상의 공간에 생성된 키보드로 보고서를 작성했다. 그러다가 여자가 바깥 세상에 관심이 많고, 부사를 사용할 뻔했으며, 책에 지나치게 관심이 많아 보인다는 내용을 적고 한참을 고민했다. 만약 이런 내용을 재건국 중앙 센터에 보내게 되면 여자에 대해 안 좋은 조치들이 취해질 가능성이 높기 때문이었다. 거기다 다시 만나지 못할 가능성도 높았다. 위험도가 높은 사람들끼리는 만나지 못하게 하는 게 재건국의 기본 방침이기 때문이다. 30분 넘게 고민하던 나는 보고서 제출 시간이 다가오자 해당 내용을 지워버리고 보고서를 제출했다.

"다음에 만나보고 이상하면 신고하지 뭐."

하마터면 '더'라는 부사를 쓸 뻔했지만, 이번에도 헤드셋이 미리 경고를 해줘서 피할 수 있었다. 안도의 한숨을 쉰 나는 머리를 비우기 위해 창가로 향했다. 63층 높이의 거주지 창밖으로 어둠에 잠긴 도시와 그 너머의 에너지 장막이 보였다. 거주지는 좁았기 때문에 지하에는 공장과 각종 편의 시설이 들어섰고, 거주지는 좁고 촘촘하게 높이 지어졌다. 어둠을 응시하고 있는데 갑자기 경고음이 들렸다. 재건국 치안팀의 체포용 드론이 이동하는 중이었다. 번쩍거리는 푸른색에 아래쪽에 체포용 로봇을 탑재한 체포용 드론은 위압적 경고음을 내면서 어둠 속에서 나타나 어둠 속으로 사라졌다. 누군가 벌칙용 헤드셋을 쓴 상태에서 부사를 사용한 것을 감지하고 체포하러 가는 중이었다. 부사를 사용한 사람들은 '금지자들'이라고 불렸다. 그들이 어떤 운명에 처해지는지에 대해서는 아무도 알지 못했다. 알려고 하는 것 자체가 위험했기 때문이다. 착잡한 심정으로 체포용 드론이 사라진 방향을 바라보는데 아르한 464가 보낸 메시지가 도착했다. 다음번 데이트를 하자는 내용이었고, 책을 보고 싶다는 내용이었다. 만나는 장소도 지난번처럼 에너지 장막 근처였다. 메시지를 보자마자 곧장 서재로 가서 여자에게 보여줄 책을 골랐다.

30분쯤 지났을 무렵 손목의 웨어러블 기기에서 방문자가 도착했다는 메시지가 왔다.

"이 시간에 누구지?"

꺼림칙한 기분에 방문 거부 버튼을 눌렀지만 놀랍게도 거절 당했다. 그리고 곧장 현관문이 열렸다. 놀란 나는 책을 얼른 덮고 서재에서 나왔다. 현관문을 열고 들어온 것은 사방에 센서가 붙어 있는 감시용 헬멧을 쓴 검열팀의 멤버였다. 묵직한 기계음이 들렸다.

"검열팀에서 일하는 NSD-17이라고 합니다. 잠깐 면담하러 왔습니다."

치안팀이 저승사자라면 검열팀은 염라대왕이었다. 존재 자체가 비밀에 쌓여 있으며, 무슨 일을 하는지 정확하게 알려져 있지도 않았다. 다만 보통 사람이라면 평생 가도 만날 일이 없다는 것과 안 만나는 게 여러모로 좋다는 건 누구나 다 알고 있었다. 머리로 혹시 걸릴 만한 일을 했는지 생각하는 와중에 NSD-17이 의자에 앉으며 물었다.

"오늘 낮에 아르한 464와 데이트하셨죠?"

"그렇습니다. 합법적 절차를 거쳐서 데이트했고, 보고서도 보냈습니다."

맞은편 의자에 앉으며 보고서라는 말을 힘주어 한 내게 NSD-17이 재차 물었다.

"여자와 만났을 때 이상한 점은 없었습니까?"

질문을 받은 나는 보고서를 쓰면서 주저했던 점들을 떠올렸다. 숨길까 털어놓을까 사이의 저울질은 NSD-17의 감시형 헬멧을 보면서 한쪽으로 기울어졌다.

"사실은 바깥 세상을 궁금해했습니다."

하마터면 '굉장히'라는 부사를 쓸 뻔했다. 다행히 헤드셋이 경고 신호를 보내서 멈출 수 있었다. 검열팀 멤버 앞에서 부사를 사용할 뻔하다니, 나도 모르게 고개를 저었다. 그러자 NSD-17이 다시 물었다.

"그것밖에는 없습니까?"

"책에도 호기심을 드러내더군요."

"어떤 책에 관심을 드러냈나요?"

"책 제목을 얘기하지는 않았습니다. 다음번 데이트에 책을 가지고 나왔으면 좋겠다고 해서 알겠다고 대답한 게 전부입니다."

전부 사실이었기 때문에 굉장히 자신 있게 얘기했다. NSD-17은 그런 내 심연을 꿰뚫어보기라도 하는 것처럼 바라봤다. 나도 모르게 긴장이 됐는지 평소에 하지도 않았던 엉뚱한 짓을 했다.

"그런데 왜 여자에게 관심을 기울이는 겁니까?"

질문하는 것에만 익숙했는지 NSD-17은 고개를 가만히 기울이면서 나를 바라봤다. 덜컥 겁이 난 나는 표정을 감추기 위해 의자에서 일어나 창밖을 바라봤다. 창가 쪽으로 움직인 나를 따라 몸을 돌리는 게 유리창에 비쳤다.

"여자가 금지자일 가능성이 높기 때문입니다."

금지자라는 말에 살짝 소름이 돋았다. 도시에서 금지한 부사를 사용하는 것을 목표로 하는 사람들을 금지자라고 불렀다. 하지만 너무나 허황된 얘기라서 실제 존재한다고는 단 한번도 생각하지 않았다.

"금지자가 실존한다고는 생각하지 않았습니다만…."

"인간은 늘 모험하고 싶어서 안달하는 존재라서요. 재건국 내부에서도 실존하는지에 대해서 의구심을 가지고 있긴 합니다. 하지만…."

의자에서 일어나 내 옆으로 온 NSD-17이 덧붙였다.

"검열팀에서는 금지자들이 조직적으로 활동하고 있다고 믿습니다."

"호기심이 강하다고는 생각했지만, 여자가 금지자일 수 있다는 얘기에 좀 놀랐습니다."

변명 같은 내 말에 NSD-17이 대답했다.

"늘 그게 문제였죠. 금지된 것을 하고 싶어 하는 인간의 욕망 말입니다."

평생을 얌전하게 살아온 나로서는 납득이 가지 않는 설

명이었다. 하지만 마음 한 구석에는 이해가 갔다. 호기심은 인간을 앞으로 나아가게 하는 장치라는 이야기를 책에서 봤던 기억이 떠올랐기 때문이다. 내가 아무 대답을 하지 않자 NSD-17의 머리에 쓴 센서의 색깔이 달라졌다. 혹시 속마음까지 읽는 게 아닌가 하는 생각에 덜컥 겁이 났다. 그런 나를 NSD-17이 물끄러미 쳐다봤다. 그러자 우울한 마음과 함께 걱정이 들었다.

"여자는 어떻게 됐습니까?"

내 물음에 NSD-17이 고개를 갸웃거렸다.

"아르한 464라고 하지 않고 여자라고 하는군요."

"그냥 생각나는 대로 물어본 겁니다. 부사는 아니니까 상관없지 않습니까?"

약간 가시 돋친 듯한 물음에 NSD-17이 쓰고 있는 감시용 헬멧의 센서 색깔이 또 달라졌다.

"여자에 대한 호감도가 느껴져서 말입니다."

"데이트했으니까요. 다음에 만나기로 했는데 갑자기 들이닥쳐서 금지자라고 하니까 화도 나고 걱정도 돼서 말입니다."

"여자는 현재 체포돼 구금 중입니다."

"뭐라고요? 부사를 쓰지 않았는데 말입니까?"

"우리는 잠재적인 부사 사용자들을 감시하는 임무도 맡고 있습니다. 의도적으로 사용하려고 시도하는 건 사용했다는 것과 마찬가지라서 말입니다.

"그런 잠재적 예측의 기준은 뭡니까? 헤드셋으로 부사를 사용할 수 없도록 만들어 놓고, 도시 곳곳에 스피커를 켜놔서 부사를 사용하면 잡아들이는 것으로 모자랍니까?"

격분한 내 대답에 NSD-17이 물었다.

"지금 검열팀의 방침에 이의를 제기하는 겁니까?"

질문을 받는 순간 갈림길에 서 있다는 걸 느꼈다. 지금 무시무시한 검열팀의 조사원을 상대로 화를 내고 있다는 걸 깨달은 것이다. 아랫 입술을 깨물고 생각에 잠겼다. 그러면서 처음으로 의문이 들었다. 왜 부사를 사용하지 못하게 만드는 걸까? 부사를 사용하지 않는다고 우리가 사는 세상이 훨씬 더 나아질까? 세상이 망가진 게 부사 탓일까? 생각에 잠겨 있는데 갑자기 헤드셋에서 경고음 같은 게 울렸다. 그러면서 강한 전류 같은 게 흘렀다. 머리가 다 타버릴 것 같은 고통과 함께 정신을 잃었다. '엄청' 아프다는 생각과 함께 부사를 사용했다는 생각이 든 것이 마지막이었다.

"내 말 들려요?"

낮익은 목소리가 의식 저편에서 들려왔다. 눈을 뜨자 천정과 함께 NSD-17이 내려다보고 있는 게 보였다. 아까 의식을 잃기 전과는 다른 목소리라는 생각과 함께 고개를 들다가 멈칫 했다.

"당신!"

내 시선을 느낀 NSD-17이 천천히 센서가 달린 감시용 헬멧을 벗었다. 그러자 아르한 464의 얼굴이 보였다. 내가 어리둥절해하자 여자가 살포시 웃었다.

"놀라게 해서 미안해요."

"신분을 숨기고 나를 만난 건가요?"

"아뇨, 저 깡통은 삼촌이 만들어준 거예요."

"삼촌?"

도시에 사는 사람들은 대부분 인공수정을 통해 태어나고 기관에서 양육된 다음 일정 나이가 되면 위탁 가정에 들어가게 된다. 따라서 양부모를 제외하고는 친척이 있을 수 없다. 내 표정을 본 여자가 말했다.

"삼촌은 금지자들의 우두머리를 뜻해요. 검열팀처럼 꾸미고 다니면 오히려 사람들이 의심하지 않거든요."

"금지자들이라면!"

"맞아요. 나는 부사를 엄청, 굉장히, 기가 막히게 잘 쓰는 금지자예요."

씩 웃는 여자를 보면서 어리둥절했다.

"그런데 왜 멀쩡한 거죠?"

"헤드셋을 살짝 개조했어요. 삼촌이 공장 출신이라 손볼

줄 알거든요. 겉으로 보기에는 멀쩡하지만요."

"아무리 그래도 부사를 사용하는 건 '너무' 위험합니다."

내 말을 들은 여자가 웃으며 손을 내밀었다.

"짜릿하지 않았나요? 금지된 걸 하게 되면요."

"그게 무슨…."

반문하다가 방금 부사를 사용했다는 것을 깨달았다. 그리고 부사를 사용하지 못하게 감시하던 헤드셋이 머리에서 벗겨져 있다는 것을 그때서야 깨달았다. 얼떨떨해하는 내게 여자가 말했다.

"헤드셋에서는 부사를 사용할 기미를 보이면 경고할 뿐 아니라 일정 이상 누적되면 지금처럼 전류를 흐르게 해서 사용자를 쓰러트려요. 그리고 재건국 보안팀에서 와서 수거해 가죠."

"그럼 잡혀가는 겁니까?"

내 물음에 여자가 깔깔거리며 작은 상자 같은 걸 보여줬다.

"전파 방해 장치를 작동했어요. 안심하세요."

안도의 한숨을 쉬는 내게 여자가 물었다.

"어땠나요?"

"뭐가요?"

"금지된 부사를 사용한 기분이요."

헤드셋이 사라진 머리에서는 즉각 대답이 떠올랐다.

"완전 끝내줬어요."

그러자 여자가 손을 내밀었다.

"금지자가 된 걸 환영해요."

은밀한 취미 생활

염운옥

—

역사 연구자

• 야금야금

야금야금

남모르게 조금씩 행동하는 모양

글자 만든이 • 유지수

내 은밀한 취미는 고양이 동영상을 보는 것이다. 상당히 중독성이 강하다. 야금야금 보기 시작하면 어느새 한 시간이 훌쩍 지난다. 이럴 때 누가 나를 부르면 "야옹" 하고 답할지도 모른다. 두 손을 고양이 앞발처럼 세우고 쥐락펴락 움직이며 말이다. 유튜브에 넘쳐나는 귀엽고 재미난 동물 영상을 보는 행위는 그다지 특별할 것 없는 소일거리다. 그런데도 나는 왜 은밀하게 즐긴다고 말하는 걸까?

지금은 없는 내 첫 고양이 세리가 왔던 오래전 어느 날을 기억한다. 삼색이 세리는 첫 며칠 동안은 냉장고 뒤에 숨어서 나오지도 않더니 점차 가까이 다가와 손 인사를 하고, 눈을 맞추고, 내 냄새를 맡았다. 어느새 내 무릎을 점령하고 새근새근 잠이 들었다. 몸집보다 큰 머리를 떨구며 졸다가 잠든 아기 고양이의 몸이 살짝 솟았다 가라앉기를 반복하는 리듬이과 온기에 감격하다 보면 손발이 저리고 쥐가 나기 시작했다. '이 녀석은 이렇게 나를 야금야금 길들이는구나.'

하지만 나는 세리를 끝까지 반려하지 못했다. 당시 반려인과의 관계가 파경에 이르면서 갈 곳 잃은 세리는 부모님 집에 잠시 맡겨졌다가 부모님 지인의 농장으로 갔다. 길냥이 출신이긴 하지만 쥐를 잡아본 적 없는 세리에게 넌 고양이라는 종이니까 농장 쥐를 상대할 수 있을 거라는 구실을 붙여 보냈다. 사실 버린 것이다. 파탄 나버린 반려인과의 관계를 아프게 상기하는 반려묘를 보기 힘들다는 이유로 유기한 것에 다르지 않았다.

그후 오랫동안 악몽을 꾸었다. 기르는 동물에게 밥을 주는 것을 잊어버리고 일주일이고 한 달이고 방치했다가 앙상하게 뼈만 남아 죽어 있는 꿈. 동물은 세리였다가, 개가 되었다가 열대어와 십자매로도 변신했다. 굶어 죽은 처참한 모습으로 꿈에 등장한 동물은 모두 어릴 때 길렀던 아이들. 모두 이름이 있는 동물들이었다.

도시 변두리에서 크는 아이들이 흔히 키우는 동물은 다 길러

봤다. 병아리, 십자매, 열대어, 개, 고양이 같은 동물들. 열대어 툭눈이가 죽었을 때 남동생과 나는 며칠 동안 울고 또 울어 툭눈이처럼 두 눈이 퉁퉁 부었다. 어느 해 여름에는 마당 감나무에 꿀벌이 벌집을 지었다. 감나무 옆에는 진돗개 그린이 집이 있는데! 백구 그린이가 벌에 쏘일까 봐 밤낮으로 지켜보다가 안전하게 벌집을 제거하고서야 안도했다. 똘똘한 잡종견 구피는 맛있는 음식은 꼭 남겼다가 마당 흙에 묻어두고 몇 날 며칠을 아껴 먹을 줄 알았다. 그린이가 이웃이 놓은 쥐약을 먹고 네 다리가 뻣뻣해지고 버둥버둥 경련을 일으키며 죽던 날, 구피가 옥상에서 떨어져 기절한 듯 생을 마감하던 날, 우리는 가족을 잃은 슬픔에서 헤어나올 수 없었다.

필멸하는 생명체의 죽음을 지켜보는 것은 아픈 일이지만, 툭눈이와 그린이, 구피의 경우는 그 죽음을 마주하고, 애도할 수 있었다. 하지만 세리는 그후 생사를 알지 못한다. 쥐 잡는 씩씩한 고양이가 되었는지, 아니면 도리어 사나운 들쥐에 물려 죽었는지 알지 못한다. 묻지 않았다. 세리 이후로는 반려동물을 기르지 못했다. 이제는 악몽을 꾸지 않지만, 여전한 죄책감과 자책 때문에 감히 집사가 될 꿈도 꾸지 않았다.

그런데도 동물들은 나를 좋아한다. 지인들의 고양이는 만난

지 몇 분만 지나면 내 다리를 감고 머리를 비벼댄다. 이스탄불 블루 모스크에서 만난 얼룩 고양이는 멀리서 온 여행객의 손길에 응답하고 황송하게도 무릎 위까지 올라왔다. 일행 중에 동물을 좋아하지 않는 어떤 분은 병 옮으면 어떡하냐고 질색했지만. 그러거나 말거나. 블루 모스크 얼룩 고양이의 멋진 털은 젊은 날 내 모습과 함께 사진 한 장에 남았다.

늙어가는 내 몸을 낯설게 받아들이며, 솔직히 반려인이나 반려동물이 있었으면 하는 생각이 야금야금 들기도 한다. 하지만 이내 마음이 무거워진다. 오랜 죄책감이 스멀스멀 다시 올라온다. 근원적 고민에 빠지기도 한다. 절멸과 멸종의 시대에 삶은 어떤 의미인가? 반려동물을 기른다는 건 또 어떤 의미인가? 홀로코스트는 결코 과거의 역사가 아니다. 공장식 축산에 식량을 의존하는 이 세계에서 홀로코스트는 동물에게 매일 일어나는 일이다. 태어나는 것도 살아가는 것도 죽는 것도 모두 인간의 필요에 따르는 공장식 축산업의 동물들. 죽이려고 태어나게 하고, 죽이려고 살게 만드는 일이 매일 벌어진다.

이런 시대에 반려동물과 관계 맺기를 한다는 건 무엇일까? 동물권을 위해 진지한 행동을 하거나 비건이 되지도 못하면서 반려동물을 기른다는 건 거대한 기만과 위선에 몸을 담그는 일은 아닐까? 『짐을 끄는 짐승들』을 쓴 수나우라 테일러는 선천적 다발성 관절굽음증 장애인이다. 수나우라는 반려인 데이비드와 반려견 베일리와 함께 산다. 베일리는 유기견 출신으로 트라우마를 앓고 있고, 사고로 장애견이 되었다. 책 마지막 문장에 수나우라는 이렇게 적었다. "무언가 아름답다는 느낌이 있다. 종이 다른, 취약하고 상호의존적인 두 존재가 서로에게 필요한 것을 이해하는 법을 배우는 일 말이다. 서툴고 불완전하게, 우리는 서로를 돌본다."

취약하고 불완전하지만, 서로를 돌보는 인간과 동물 반려 종의 사유에 미래가 있는 것일까? 도나 해러웨이는 반려종의 관점만이 망가진 세계를 다시 만드는 작업을 가능하게 한다고 주장한다. 인간은 가장 인간답지 않을 때, 자신이 동물임을 자각할 때 그나마 가장 나은 존재가 되는 게 아닐까? 우리 인간은 비인간 동물에 대해 아직 모르는 게 너무 많다. 인간 종種 중심주의를 치유하는 데 과학이 필요한 까닭이다. 인간과 동물에 관한 질문들이 내게 밀려오는 요즘이다. 당분간은 은밀한 취미 생활을 즐기며 인간과 동물의 관계에 대해 야금야금 고민하는 데 만족하련다. "어이, 랜선 냥이들, 한도 초과 귀여움 금지!"

어차피즘 연구를 위한 메모

정한아
—
시인

어차피

이렇게 하든지 저렇게 하든지 또는 이렇게 되든지 저렇게 되든지

글자 만든이 • 강현수

1. 어차피 씨는 누구인가

어차피 씨가 언제부터 어차피 씨가 됐는지는 모르겠다. 그가 일주일에 서너 번씩 만취하고 나머지 3, 4일은 숙취를 벗어나느라 바빴던 젊은 시절에 그는 이른바 X세대라는 그룹에 속했다고 사람들은 말한다. 비슷한 시기 신세대나 오렌지족도 있었지만, 신세대는 뭔가 뒤쳐진 낱말 같았고 오렌지족은 계급적으로 한정되어 위화감이 있었기 때문에 그는 X세대라 불리는 편을 선호했던 것 같다. 어차피 세대에 대한 명명은 윗세대 사람들의 일이니까 뭐라고 부르든 상관없었겠지만, 나이 들고 보니 그나마 X세대가 가장 중립적인 명칭으로 여겨졌던 듯싶다. 70년대에 태어나 90년대에 대학을 다녔고 졸업할 때쯤 IMF 사태를 맞닥트린 사람. 친구 중에는 선배들이 차린 IT 벤처 기업에서 일하다 거품이 꺼지면서 직종을 바꾼 사람들이 여럿 있었고, 말 잘하고 학생회에 발 담근 적 있는 사람들은 역시 선배들이 차린 학원에서 논술 강사로 제법 돈을 벌기도 했다. (그런 신생 업체들의 인사 고과 항목에는 으레 '진정성'이 포함됐다.) 그러나 그것은 어디까지나 21세기 들어선 다음의 일이고, 나라가 파산했던 당시 그와 그의 친구들은 대개 이런 생각을 했다고 전해진다. 내가 망한 게 아니라 나라가 파산한 거다. 나라가 파산해서 경로가 사라졌으니 계획했던 인생 행로라는 것이 있을 리 없다. 어쩐다? 어차피 이렇게 된 거, 싫은 일을 피해서라도 사는 수밖에.

2. 세대론적 문화사적 해석은 가능한가?

그는 이게 경제적으로 나라가 망한 결과라고 생각했지만, 사실은 전 세계적 추세였는지도 모른다. 심지어 그런 국가적 외환 위기가 들이닥치기 전부터 그랬다. 그가 좋아하던 노래는 벡의 〈Loser〉와 라디오헤드의 〈Creep〉이었고, 이 곡들은 영미권에서도 차트를 석권했다. 그가 딱히 막 개성적인 취향을 가졌던 것 같지는 않다. 90년대 말에 이런 노래들은 그 세대의 만가挽歌와도 같았기 때문이다. 홍대 클럽에서는 하룻밤에도 대여섯 번씩 저 노래들이 흘러나왔고, 그러면 RATM을 들으며 신자유주의 세계화에 짐짓 전의를 불태우는 제스처를

취하다가도 심장을 찌르며 흐르는 핏물 같은 서늘하고 우울한 노랫소리 속에서 다들 제 가슴에 제 얼굴을 파묻고 팔다리를 흔들던 것이다. 그의 친구들은 모두 이런 노래들을 좋아했다. 좀 하드하거나 유치하고 명랑한 노래를 좋아하는 친구들도 오프스프링의 〈Self-esteem〉 같은 노래나 그린데이의 〈Basket Case〉 같은 것을 들었다. 이 노래들을 오늘날 자주 쓰이는 말로 요약하면 다음과 같다. 어차피 난 쓰레긴 걸, 뭐, 어차피 난 아싸인 걸, 뭐, 어차피 난 찌질인 걸, 뭐, 어차피 난 찡찡인 걸, 뭐(여기서 '찡찡이'는 현 정부의 퍼스트캣을 일컫는 것이 아님). 그러니까 인구 분포도에서 그 세대의 인구가 차지하는 면적이 적지 않았는데도, 2차 베이비부머의 끝자리를 차지하고서도 어차피 씨와 그의 친구들은 단체로 아웃사이더를 자처하는 아이러니를 보여줬던 것 같다. 일찌감치 그의 세대가 열광했던 밴드 너바나의 리드보컬 커트 코베인이 갑작스러운 인기에 괴로워하며 엽총으로 힘들게 자살했을 때 그가 아내 커트니 러브에게 남긴 유서의 말미에는 다음과 같은 말이 적혀 있었다. "어차피 난 물고기자린 걸, 뭐." 영문학을 전공했던 어차피 씨의 친구는 비평가로 알려진 매슈 아널드가 사실 소설도 썼다며 그가 쓴 단편 소설에서는 주인공이 자살하면서 마지막으로 이렇게 말했다고 전해줬다. "어차피 난 염소자린 걸, 뭐."

그나 그의 친구들은 이런 일화들을 얼마든지 찾아낼 수 있었다. 물고기자리라서 죽고 염소자리라서 죽은 사람들의 어록을 찾아내고 “찌질이니까 죽여줘.”라든가 “자존심 따윈 없으니까 날 무시해도 널 사랑해.” 같은 가사의 펑크 음악을 들으면서 어차피 씨와 그의 친구들은 세계의 고통을 자기 혐오로 감싸 안는 대안적인(얼터너티브한) 예술적 감상에 물들었던 것 같다. 어차피 씨의 짐짓 패배주의적 인생관은 그러니까 IMF 때문만은 아닌지도 모른다. 전 지구적으로 유행했던 찌질이 신드롬 때문만도 아닌 것 같다. 만일 그렇다면 매슈 아널드의 100년도 더 된 어차피즘은 설명할 길이 없기 때문이다. 어쩌면 어차피즘은 고래로부터 늘 있어 온 것일지도 모른다. 길바닥에 사는 주제에 알렉산더 대왕에게 햇빛 가린다고 머리 치우라 했던 디오게네스나 쓸데없이 너무 많이 웃어서 미친 사람 취급을 받았던 데모크리토스 같은 고대의 희랍인들도 약간 어차피스트 냄새가 나니까 말이다. (데모크리토스는 거의 다 망실되기는 했지만, 엄청나게 많은 책을 썼다는 기록이 있어서 지나치게 성실한 수정주의적 어차피스트였을 거라는 추측에 신빙성을 더해준다. 그는 세상만사는 어차피 다 결정되어 있다고까지 주장했다.) 사실 20세기 말에는 너무 열심히 사는 것이 문화적으로 좀 깨인 사람 사이에서는 약간 조롱거리기도 했다. 그러나 여기에는 약간 귀족주의적 거만함 같은 것이 있었는데 그 거만함이 싹 가시고 '찐 어차피즘'(어쩌면 '네오 어차피즘')이 수면 위에 드러난 것은 21세기가 시작되고 첫 10년이 지나기 전이었다.

4. 21세기 네오 어차피즘

돌이켜보면 그와 그의 친구 중에서 이런 정신을 끝까지 고수한 사람이 아주 많았던 건 아니다. 하지만 어차피 씨는 어차피즘을 고수했고, 그런 그에게 극도로 정신적 동질감을 느끼게 해줬던 것은 약 7년간 홍대 언더그라운드에서 활동하다 사라진 타바코 쥬스라는 밴드의 리드 보컬 권기욱의 2009년 무렵의 인터뷰였다. 그는 무덤덤한 어조로 말한다. "내가 요즘에… 나루토를 보고 있는데 느낀 게… 존나 열심히 안 하면 안 될 거 같아. 근데 우린 열심히 안 하잖아. 우린 안 될 거야. 아마." 이 인터뷰는 인디 밴드를 주제로 한 〈반드시 크게 들을 것〉이라는 다큐멘터리 영화의 한 부분인데 영화 전체를 본 사람은 아마 거의 없을 것이다. 하지만 이 깨달은 자의 인터뷰 일단은 엄청난 밈이 되어 월드와이드넷을 방랑했다. (점령하지는 않았다. 점령은 어차피즘과 거리가 먼 단어다.) 어차피 씨는 '열심히'의 이데올로기로부터 '우린 안 될 거야'로

급선회하는 이 무심한 어조의 인터뷰 밈 덕분에 언제든 지구에 열혈 어차피스트 동지가 있다는 위안을 얻을 수 있었다. 뭔가 약간의 반전이지만, 이 인터뷰의 영향이었는지 권기욱은 투니버스판 나루토의 오프닝곡을 불렀지만 말이다.

하지만 상상할 수 있다시피 어차피즘은 연대가 매우 곤란한 사상이다. 어차피스트들의 욕망은 좋은 차, 넓은 집, 멋진 배우자와 토끼 같은 자식들에 있지 않고 오히려 미니멀하고 명랑한 니힐리즘적 소망—'남들이 원하는 걸 무리해서 얻고 싶지 않아'—에 있기 때문이다. 무리하지 않고 이룰 수 있는 연대는 매우 드물다.

5. 어차피즘은 당신의 영혼을 잠식한다

이 글을 읽는 당신은 질문할지도 모른다. 어째서 그런 재미없는 사상 따위에 누군가 관심을 보이겠느냐고. 하지만 가슴에 손을 얹고 자기 자신에 관해 생각해본다면, 자신의 진정한 욕망을 떠올려본다면 당신 역시 어차피 씨를 순수하게 무시할 수 없다는 것을 깨닫게 될 것이다.

가령 당신은 이유 없이 잠 못 이루는 깊은 밤, 고양이가 등장하는 유튜브를 한없이 들여다본 적이 없는가? 고양이는 현존하는 극렬 어차피스트들이다. 그들은 마음에 들지 않는

밥은 먹지 않으며, 마음에 들지 않는 품에는 안기지 않으며, 마음에 들지 않는 집에서는 기회를 엿보아 탈출해버린다. 그리고 차라리 길에서 사는 삶을 택한다. 무슨 더 위대한 목적이 있어서가 아니다. 그것은 자기를 사랑해주기를 원하는 노예 근성에 물든 인간과 밀당을 하기 위해서도, 더 좋은 밥을 협상하기 위해서도 아니다. 단지 싫은 것을 피하기 위해서이며 무리해서 남의 욕망에 맞추는 것을 견딜 수 없기 때문이다. 그래서인지 21세기가 되고 첫 10년이 지나자 어차피 씨처럼 고양이를 정신적 동지로 삼는 사람들이 기하급수적으로 늘어났다. 진정한 어차피스트들은 고양이를 무리해서 안으려 하지 않는다. 그의 동지가 가끔 변덕스럽게 무릎에 올라와 잠들었을 때 부러 깨우지 않을 뿐이다. 그들의 존중은 무리하지 않고, 무례하지 않다. 그리고 어차피즘의 긴 역사에서 예외적이게도 인터넷 세계를 점령했다.

잃을 것은 어차피 피로와 지루함뿐. 어차피 씨는 오늘도 자기계발서 제목이 농담인 줄 알고 자기의 소소한 삶을 소소하게 산다. 그리고 미래의 어차피즘이 어떻게 전개될지는 어차피 그의 관심사가 아니다.

여전히 아름다운지

차주경
—
IT 기자

여전히

전과 같이

글자 만든이 · 김서진

술에 얼큰히 취해 노래방에라도 가게 될 때면 으레 첫 곡이나 마지막 곡으로 토이의 〈여전히 아름다운지〉를 부른다. 과연 내 노래란 듣기 좋은 것일까, 아니면 듣기 고역일까 하는 여부는 차치하자. 내가 이 노래를 부르는 까닭은 가사를 유독 사랑해서다.

"변한 건 없니. 내가 그토록 사랑한 미소는 여전히 아름답니. 난 달라졌어. 예전만큼 웃지 않고 좀 야위었어. 널 만날 때보다."

이 가사를 되뇔 때마다 떠나보낸 연인에게 '미소가 여전히 아름다운지' 물어볼 수밖에 없는 이의 애틋한 감정을 느낀다. 한때 이리도 복잡다단한 이별의 감정에 시달려본 이라면 누구나 공감할 거다. 그중에서도 가장 인상적 부분이 '여전히'다. 이 가사에는 온갖 미련과 아쉬움이, 회한과 체념이, 확신과 안도가 녹아들었다.

비록 당신과 나는 헤어져 다른 시간을 걷게 됐지만, 그렇다고 우리가 함께했던 과거마저 미래처럼 흩어져버린 것은 아니다. 오히려 당신과 내 과거는 서로의 기억 속에 온전히 온존된, 오로지 우리만의 시간이다. 무엇도 덮어씌울 수 없고 왜곡할 수 없다. 당신은 잊더라도 내가 기억하고 말 거다.

한때 당신이 여전히 아름다운지 묻는 이유 대부분이 의심이었다. 나 아닌 다른 사람과 함께할 당신이 조금 덜 아름답기를 바라던 못난 시절도 있었다. 하지만 당신과의 과거를 되뇔 때마다, 당신이 없는 지금을 겪고 미래를 다른 것으로 채울 때마다 조금씩 느꼈다. 그 느낌을 확신할 무렵 깨달았다.

헤어져 다른 시간을 걷는 만큼 깊이와 형태는 다르겠지만, 나는 여전히 당신을 사랑한다. 그 시절의 당신뿐 아니라 지금의, 앞으로의 당신을 사랑한다. 그래서 나는 으레 과거에 나를 웃게 했던 당신의 미소가 여전히, 앞으로도 아름다울 것이라 믿는다. 보지 않아도 볼 수 있다. 느낄 수 있다. 내 것은 아닐지언정 말이다.

그렇지만 때때로 궁금해진다. 당신은 여전히 아름답겠지만, 당신과 내가 그날 밤에 차 안에서 나눴던 그 말과 말 속 말의, 고스란히 녹아든 감정이 빚어 만든 그때 그 약속은 여전히 유효할까. 여전히 궁금하지만, 여전히 들려오지 않을 메아리지만 나는 여전히 확신한다.

이런 내 이야기를 들었다 하더라도 당신은 여전히, 행여라도 나를 염려할 필요가 없겠다. 앞서 말했듯 나는 당신이 여전히 아름다울 거라고, 여전히 우리의 약속은 유효할 것이라고 믿고 살겠으니. 여전한 그 확신 하나만으로도 충분히 살 수 있지 않겠나.

아이고, 쓰다 보니 안 되겠다. 잘난 체는 있는 대로 했지만, 이별 이야기를 꺼내면 여전히 가슴이 아프므로 술 한 잔 마시고 노래 부르러 가야겠다. 그리고 짐짓 고백하건대 내 노래는 듣기 고역일 거다. 여전히.

한순간에 무너진 꿈

안우광

—

직장인

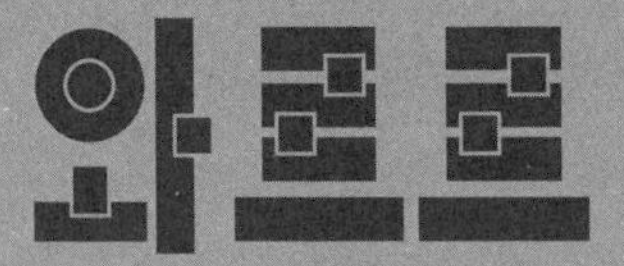

쌓여 있던 단단한 물건들이 갑자기 야단스럽게 무너지는 소리 또는 그 모양

글자 만든이 · 김정연

선선한 공기를 온몸으로 느끼면서 가을이 왔음을 직감했다. 베란다에서 방안으로 돌진한 서늘한 공기가 살갗을 스치더니 여지없이 알레르기성 기침이 시작된다. 가을이 왔다!

코로나 사태 이후 집에서도 에취, 하며 기침해대는 건 가족들에게 눈치가 보인다. 스스로 제어할 수 없는 기침을 연신 한다. 잔기침이 아니고 분무기처럼 침방울을 동반하는 폭발적이고 기습적인 기침이다. 문득 리처드 도킨스Richard Dawkins의 '이기적 유전자'식 공상에 빠진다. '도저히 통제가 안 되는 이런 기침은 인간 침방울에 의존해서 진화해온 바이러스가 우리 몸에 침투해 DNA에 명령한 게 분명해.' '빨리 알레르기를 일으켜 기침하라!'는 명령에 내 몸은 따르고 있을 뿐이다. 그 바이러스와 우리 인간은 수백만 년 공생하면서 번성해온

게 아닐까. 젊은 시절, 노인들이 지하철에서 기침을 요란하게 하면 '왜 저러나, 사람 많은 곳에서는 좀 참지, 쯧쯧.' 했는데 이제 내가 그런다.

어젯밤, 잠을 설쳐 몸이 좀 무거웠지만 일어나자마자 동네에서 멀지 않은 체육공원으로 향했다. 평일 아침, 비교적 여유로운 공영 주차장에 차를 세웠다. 차가운 가을 공기를 느끼며 체육공원 주변 길을 걷기 시작했다. 코로나 여파로 헬스장을 못 가게 되면서 출근 전 조금이라도 걷자는 생각이었다. 발걸음을 떼면서 관악산 위로 하늘을 올려다본 순간 시리게 파란 하늘이 성큼 내 눈 속으로 들어왔다. 예전에 남태평양섬에 출장 가서 바라봤던 푸른 하늘과 견줄 만했다. 하얀 솜뭉치 구름이 바람에 실려 살랑살랑 낮게 떠다녔다. 이른 아침이라 주변에 사람이 없음을 깨닫고 잠시 마스크를 벗고 걸어 봤다. 차가운 가을 공기는 더없이 청량했다. 걷다 보니 무거웠던 몸도 한결 가벼워지고 기침도 전혀 나오지 않았다. 그 바이러스는 우리 집에만 서식하는 건가? 풀밭에 잔뜩 군락을 이루고 모인 클로버를 쳐다보며 군부대 쪽으로 걸었다. 산 아래 수도경비사령부 팻말이 보였다.

그때 갑자기 기억 저편에 있던, 그러나 귀에 익은 기상 나팔 소리가 아침 공기를 가르며 울려 퍼졌다. '아니, 저 소리는!' 소름 끼치던 아침의 고문, 기상 나팔 소리 아닌가. 걸음이 잠시 멈춰졌다. 얼마 만에 들어보는 소리인가? 군대 시절에 괴롭던 그 소리가 너무나 친근하게 느껴졌다. 부대 안에서 젊은이들이 괴로운 표정으로 이불을 밀쳐내고 있을 거란 생각에 웃음이 살짝 났다. 다시 가볍게 걷기 시작했다. 반복되는 나팔 소리에 발맞춰 하나, 둘, 하나, 둘…. 군에서 100킬로미터 급속 행군속보로 걷는 행군을 하던 일이 떠올랐다. 당시 나는 최전방 수색 매복 전문 대대에서 소대장으로 근무했다. 매년 가을이 오면 24시간 내 100킬로미터를 주파하는 소대 대항 급속 행군을 했다. 소대별로 완주한 시간을 재서 1~3등 소대에는 두둑하게 상을 주었다. 상 받은 소대는 푸짐한 회식뿐 아니라 여러 명이 포상 휴가를 갈 수 있어 사기가 하늘을 찌르게 된다. 정확히 기억은 안 나지만 12개 소대 정도가 경쟁했던 것 같다. 당시에는 행군과 전투 훈련을 제법 많이 해서 30~40킬로미터 정도의 행군은 낙오자 없이 가볍게 해냈다. 하지만 완전 군장의 100킬로미터 급속 행군, 그것도 24시간 이내 주파는 상당히 부담되는 행군이었다. 평상시 꾸준한 훈련과 함께 정신력이 요구되는 것인데 그래도 대부분 소대가 24시간 이내 주파를 했다.

아침 식사를 마치고 모든 소대가 연병장에 집합했다. 파란 가을 하늘 아래 단상에 오른 대대장은 열정적으로 병사들을 독려했다. 훈시와 경례를 끝으로 1소대부터 긴 푸른색 소대 깃발을 펄럭이며 출정했다. 소매와 어깨에 화려한 황금 줄로 치장한 빨간 제복의 사단 군악대까지 동원되었다. 그들은 우리를 행진곡으로 응원해줬고 대대장과 주임 상사들은 삼겹살과 막걸리 파티 준비를 했다. 소대별로 10분 간격으로 출발했다. 드디어 우리 소대도 출발! 전날 분대장들과 지도를 보면서 행군 코스를 확인하고 전략을 세웠다. 꼭 1등 해서 포상휴가도 가자고 결의를 다졌다. 30킬로그램 완전 군장을 한 상태에서 55분 걷고 5분 쉬는 사이클이 시작되었다. 그렇게 24시간 내 100킬로미터를 주파하려면 시간당 4.5킬로미터의 속도로 잠 안 자고 계속 걸어야 한다. 처음에는 길가의 경치가 눈에 들어오고 상쾌하게 출발하지만, 시야가 좁아진다. 나중에는 앞사람의 등만 쳐다보면서 걷게 된다. 밤에는 주변이 온통 깜깜해서 혼미한 상태에서 정신을 놓으면 길가 경사로로 떨어지거나 장애물에 걸려 다칠 수 있다. 소대장과 분대장들이 병사들을 위해 중얼거리고 떠들어대며 걷는다. 행군 초반에는 군장 무게 때문에 어깨가 아프고 중반에는 사타구니가 땀에 젖은 옷에 쓸려 통증이 심해진다. 그러다가 후반에는 아픔도 거의 못 느끼는 무아지경 상태가 되면서 자기와 싸움을 한다.

소대원들을 독려하며 약 50킬로미터 지점까지 4등 정도, 선두권을 유지하면서 순조롭게 가고 있었다. 낙오자 없이 모두 묵묵히 전진하고 있었다. 어둠이 짙게 깔린 논둑길에서 잠시 휴식을 취하며 지도를 보다가 문득 아이디어가 하나 떠올랐다. 조금 더 가면 행군 코스를 잘라먹는 지름길이 있었다. 다른 소대들과의 거리를 충분히 벌린 후에 어둠을 이용해 잠깐 지름길을 타는 방식으로 6~7킬로미터 정도의 거리를 줄이겠다고 마음먹었다. 게임 규칙을 위반하는 것이지만 걸리지 않고 이기는 것도 능력이라고 스스로 설득했다. 변명하는 것 같지만 그 시절 군대 문화에는 '전장에서 어떤 수단을 쓰더라도 살아남는 자가 강한 것이다.'라는 문화가 존재했다. 실제 전장이라면 맞는 말이다. 조용히 분대장들을 불렀다. 지도를 보면서 지름길에 대한 내 생각을 말했다. 분대장들은 모두 동의했다.

55킬로미터 지점에서 우리 소대는 과감하게 지름길로 들어섰다. 칠흑같이 어두운 밤이어서 아무것도 보이지 않았다. 이제 코스를 절약하게 되었고 승리가 눈앞에 보이는 듯했다. 빨리 지름길을 벗어나 본래 코스에 합류하면 끝이었다. 그런데 아뿔싸! 본류에 거의 합류하기 직전에 일이 터졌다. 차 한 대가 저 앞에서 헤드라이트를 밝힌 채 다가오는 게 아닌가? 가슴이 덜컹했다. 야밤에 이 산길에 들어올 민간인 차량은 없기 때문이다. 차가 다가오는데 자세히 보니 대대장님 차였다. 대대장과 중대장이 각 소대 이동 상황을 점검하다가 1개 소대가 안 보이자 지름길을 뒤진 것이었다. 1킬로미터만 더 가면 감쪽같은 상황이었는데 들통이 나고 만 것이다. 대대장님 차는 먼지를 일으키며 급하게 내 앞에 멈춰 섰다. 대대장님은 작전참모와 함께 차에서 뛰어내렸다. 나는 대대장으로부터 호된 질책을 들을 각오를 하고는 경례하고 사실대로 보고했다. "죄송합니다."라는 내 말에 대대장은 무표정한 얼굴로 이렇게 지시했다. "지금 당장 원래 길로 돌아가서 행군한다!" 지름길을 다시 거슬러 가서 본래 코스에서 행군하라고 명령했다. "예, 알겠습니다." 복창하고 소대원들을 뒤로 돌렸다. 차는 휑하니 먼지를 일으키며 가버렸다.

전 소대원이 후진해야 했다. 앞이 깜깜했다. 소대원들은 자초지종을 알고 나서 사기가 급격히 땅에 떨어졌다. 더구나 100킬로미터가 아니고 이제 110킬로미터를 걸어야 한다는 생각에 탈진하는 병사들이 나오기 시작했다. 내 탓이었다. 낙오하는 병사들을 끝까지 독려해 가며 26시간이 지나서 꼴찌로 부대 정문을 통과할 수 있었다. 어제 아침밥 먹고 출발했는데 오전 해가 거의 중천에 떴을 때 복귀했다. 모두 지쳐 패잔병처럼 보였다. 우리가 정문에 도착했을 때 군악대는커녕 반가이 맞아주는 장병들도 없었다. 병사들 볼 낯이 없었다. 1등을 거머쥔 소대는 22시간 만에 군악대 연주에 맞춰 정문을 통과했다고 한다. 삼겹살과 막걸리 파티는 이미 끝나 흔적도 찾아볼 수 없었다.

가을밤의 도전적인 꿈은 한순간 와르르 무너졌다. 1등 욕심에 요령을 부리다가 낭패를 본 순간이었다. 아마도 110킬로미터 급속 행군을 완주한 대한민국 최초의 소대였을 것이다. 완주해준 소대원들이 자랑스러웠다, 그리고 미안했다. 내 집같이 편안한 막사에 도착하자마자 서둘러 군장을 풀었다. 잠이 쏟아지는 상황에서 나와 소대원들은 아무 말 없이 샤워하고 여기저기 물집 잡힌 발바닥을 능숙하게 응급처치했다. 실을 꿴 가는 바늘을 불에 달군 후 물집을 관통했다. 실이 물집을 지나가게 한 다음 적당한 길이로 실을 늘어트리고는 잘라준다. 옥도정기라고 부르는 빨간 소독액을 터진 물집 주변과 실에 흥건히 바른다. 그러면 소독액이 실을 타고 들어가서 물집 속에 스며든다. 발바닥에 국방색 실이 여기저기 주렁주렁 매달린 모습이란. 이렇게 하고 한 3~4일 절뚝거리고 다닌다.

처음에는 발바닥이 아프지만 빠른 속도로 아문다.

긴 싸움은 루틴을 잃지 않고 꾸준하게 밀고 나가는 것이 주효하다. 모든 잡념을 버리고 55분 걷고 5분 쉬면서 가야 했다. 그러면 24시간에서 22시간으로 두 시간도 단축할 수 있었는데. 편법을 쓰고 요령을 부리다 보면 올바른 방향성을 잃고 리듬이감을 상실할 수 있다.

쓰라린 행군의 추억은 체육공원 둘레길을 두 바퀴 돌고 나서야 끝났다. 발바닥이 근질거렸다. 주차장으로 가서 회사로 출발하기 위해 시동을 걸었다. 이제 인생에서 앞에 지름길이 있다고 해서 그 길로 덜컥 들어서는 일은 없을 것이다. 노력한 만큼의 결실만 거두자. 거기에 쉽게 무너지지 않는 견고함과 행복이 있다. 40대 초반에도 몇 번 무리수 두다가 곤욕을 치르기도 했다. 사람들은 40대 초반에 큰 실수를 저지르는 경향이 있다. '이제는 몇 번의 교훈으로 그럴 일은 없을 것이네.' 내면의 소리를 들으며 엷은 미소를 지어본다.

그저 물고기처럼 살자는,
그런 낭만적인 이야기는 아니고요

구슬아

—

문화 연구자

유유히

움직임이 한가하고 여유가 있고 느리게

글자 만든이 • 김혜수

관상어를 기르는 취미에 관해 알고 계시는지요? 1980년대에서 1990년대 중반까지만 해도 취미 생활의 일환 혹은 공간을 꾸미기 위한 목적으로 가정의 거실이나 관공서, 식당 등에 큰 어항을 두는 일이 흔했습니다. 적지 않은 아파트 단지의 상가 1층에 관상어와 관련 용품을 취급하는 소매점이 입점해 있었으며 주말이면 그러한 소매점들이 모여 있는 특성화 거리에 가족 단위 손님이 몰리던 시절이었어요. 그러다가 1997년 외환 위기를 겪으면서 어항을 곁에 두고 관상어를 기르는 일은 대중적인 도시-중산층 취미로서의 위상을 상실하게 됩니다. 상황이 상황인 만큼 어항 같은 데 돈과 시간을 쓰는 일은 불필요한 사치로 여겨졌을 것입니다. 아무튼 이후 관상어 사육은 다소 마니아적 취미로서 그 명맥을 유지합니다.

작년 1월, 우연한 계기로 이 마니아적 취미의 영역에 발을 들이게 됐습니다. 유튜브 알고리즘이 제게 잘 꾸며진 어항 안에서 화려한 외양의 물고기가 노니는 영상을 보여줬거든요. 뜬금없는 추천이긴 했지만—아마 직전에 '수산시장 제철 횟감 추천' 같은 걸 검색한 까닭이겠죠.—그걸 보는 순간 이 취미는 내 취미라는 확신을 가졌습니다. 유유히 도는 물, 유유히 헤엄치는 물고기, 유유히 흔들리는 수초. 유유히 움직이는 온갖 존재가 긴밀히 연결된 채 유유히 지속하는 작은 수중 세계 그에 더하여 그 세계를 유유히 운영하는 내 모습까지, 상상만으로도 흐뭇했기에 곧바로 입문을 위한 준비에 들어갔고요.

'유유히'라는 부사의 엄밀한 쓰임은 관찰 가능한 움직임을 수식하는 데 한정되지만, 현실의 말과 글 속에서 이 단어를 사용하고 또 마주하는 순간 그 의미는 단순한 동태를 넘어서 삶의 전체적 상태 혹은 삶에 대한 자신의 태도와 복합적 감정을 암시하는 데까지 확장됩니다. 이러한 맥락에서 추측하건대 유유히 돌아가는 세계에 대한 열망이 일순간 강렬하게 타올랐던 이유는 당시 제 일상이 정확히 그와 반대의 상황에 놓였기 때문일 것입니다. 너무 많은 사람과의 접촉, 그러한 자리에서 오가는 과량의 언어, 매일같이 새롭게 발생하는 문제, 그에 대하여 제가 충실히 이행해야 할 책임과 의무로 촘촘히

직조된 세계에서 2년 남짓을 보낸 직후였거든요. 육신과 정신 양자 모두의 회복을 꾀하며 지난 2년의 삶과는 상반되는 무언가, 이를테면 호젓한 정조 속에서 내면을 향해 침잠하는 계기를 추구한 결과가 이러한 취미에의 입문으로 나타난 것이겠지요.

입문한 지 1년 4개월 차가 된 현재, 제 어항 속 수중 세계는 애초의 기대처럼 유유히 돌아가고 있습니다. 물은 언제나 맑습니다. 약간의 물비린내도 느껴지지 않는 투명하고 깨끗한 물이 여과기를 거쳐 잔잔하게 어항 내부를 순환합니다. 수초는 처음 넣었을 때보다 서너 배 정도 무성하게 자란데다가 꾸준히 새잎을 내고 있습니다. 어항의 주인공인 물고기는 하루에 두 번 인간에게 밥을 재촉할 때를 제외하고는 종일 게으르고 평온한 상태로 이곳저곳을 노닙니다. 간혹 물고기 눈에만 보이는 무언가가 있는지 수초 사이나 바닥 모래의 한 지점을 뚫어지게 응시하기도 하지만 그도 잠시뿐이지요. 이내 다시 멍청하고—귀엽다는 뜻입니다.—태평한 표정으로 살랑살랑 헤엄치다가 수초 사이에 숨어 쉬거나 바닥에 배를 깔고 자는 게 이 작은 생명체의 하루 일과입니다.

이토록 고요하고 아름다운 세계라니. 그 어떤 사건이나 상황의 긴박성과도 무관하기에 마냥 평화로운 모습의 어항을 가만히 바라볼 때 저 역시 자신을 유유히 흘러가는 시간과 세계의 한 부분인 양 감각합니다. 동호인들끼리 쓰는 말인데 이런 식으로 어항을 관조하는 가운데 정서적 만족감을 얻는 일을 가리켜 '물멍'이라 부릅니다. "조용히 앉아 물멍하는 맛에 관상어를 기른다."는 게 이 바닥의 정설입니다.

허나 물멍하기 좋은 어항은 거저 되는 게 아니었습니다. 아무리 취미라고 해도 생물을 다루는 일인 까닭에 따르는 책임이 있고 꼭 해야만 하는 일도 많더라고요. 물고기에 대한 적정량의 먹이 급여와 개체의 건강 상태를 꼼꼼히 관찰하기, 기계 설비들이 잘 작동해 수온과 수질 따위의 환경이 적절히 유지되는지의 점검, 수초의 생장을 위해 일정 시간 전용 조명을 켜고 끄는 일 등은 매일의 과제입니다. 어항 벽 내측의 이끼를 닦은 후 바닥에 가라앉은 부유물 제거를 겸하여 전체 수량의 1/4가량을 새 물로 바꿔주는 작업은 주에 한 번 혹은 두 번을 하는 것이 보통입니다. 한 달에 한 차례 정도는 물을 정화하는 장치인 여과기를 청소하고 수초도 다듬이는 등 전반적 환경 정비를 해주는 것이 좋습니다. 이처럼 인간이 노고를 감수하고 해야 할 관리를 꾸준히 하는 것만이 깨끗하고 잘 정돈된 어항 환경 속에서 아름답고 건강한 물고기가 활동하는 모습을 계속 물멍할 수 있는 유일한 방도입니다.

물멍과 마찬가지로 어항을 두고 관상어를 기르는 일 전체를 가리키는 동호인들만의 용어도 있습니다. 바로 '물생활'인데요. 사실 "관상어를 사육한다."는 말보다 "물생활을 한다."는 표현이 이 취미 활동의 특성과 더 잘 부합합니다. 일단 일부러 짬을 내 날을 정하거나 특정한 장소에 가야만 가능한 부류의 취미들과 비교하자면 관상어를 기르는 일은 자신이 가장 많은 시간을 보내는 장소에 어항을 놓고 수시로 보며 즐긴다는 점에서 시공간적으로 일상과 밀착하는 생활성을 포함합니다. 또한 바로 앞에서 언급한 것과 같이 일, 주, 월 단위로 반복하여 수행해야 할 사소하지만 중요한 과제의 내용이 정해져 있다는 의미에서의 생활성과도 맞닿아 있습니다. 요컨대 물고기가 잘 자라는 것은 물생활의 여러 측면이 잘 맞물려 돌아갈 때 나타나는 결과에 지나지 않으며 도리어 이와 같은 결과를 도출하는 데 따르는 수고들이 유유히 돌아가는 아름다운 세계를 구성함에 있어 핵심입니다.

그렇다면 결국 이 이야기는 유유히 돌아가는 물속 세계를 눈길 닿는 곳에 둠으로써 유유히 흘러가는 시간과 세계의 한 부분이 되기를 원했으나 막상 시작해 보니 물생활도 품이 많이

드는 취미 활동인지라 분주함만 늘고 소망 충족에는 실패했다는 결론에 도달하게 되는 것일까요? 그건 아닙니다. 저는 원하던 바를 얻었어요. 이러니저러니 해도 물생활에 드는 수고는 직업으로 또는 과업이기 때문에 하는 일들이 요구하는 그것과 비교했을 때 마냥 즐겁고 가벼운 마음으로 수행할 수 있는 수준이거든요. 양적으로도 그렇고 질적으로도 그렇습니다. 물생활은 완전히 단독적이고 사적인 일이므로 자신만의 속도와 규칙을 따르면 그만입니다. 그러므로 물생활의 모든 장면은 온전한 적막을 배경으로 둡니다. 적막하기는 물생활을 하는 인간의 머릿속도 마찬가지입니다. 복잡한 사고 작용은 배제한 채 손발을 움직이기만 해도 해야 할 일의 절차를 물 흐르듯 완수하는 것이 가능합니다. 기본적으로 어항 속 생태계를 구성하는 몇몇 요소 사이의 명료한 인과관계를 이해하는 것만으로도 물생활이 제시하는 대부분의 과제를 해결할 수 있기 때문입니다. 타인과의 갈등이나 협업, 전략적 제휴. 그러한 관계들을 구성하고 유지하는 데 필요한 설득과 논쟁의 언어들. 복잡성과 애매모호함이 지배하는 현실에 대한 분별과 판단 등이 어항을 돌보는 동안은 잠시 정지합니다. 그런 이유로 물생활에 부산한 때야말로 오히려 일상 중 가장 유유히 움직이는 시간이라 할 수 있습니다.

이렇게 어항 속 작은 세계는 충실한 운영과 관리에 힘입어 유유히 돌아갑니다. 그런데 물생활의 즐거움이자 물멍의 대상이기도 한 이 '유유히 돌아가는 모습'은 어디까지나 잠정적 상태입니다. 매일, 매주 혹은 매달 해야 할 일들을 유유히 이어 나감으로써 이 잠정적 상태를 반복하여 마주할 수 있으며 유유히 물멍하는 기쁨을 거듭 경험하게 됩니다. 바꿔 말해 물멍의 순간은 물생활의 쉼표입니다. 그리고 범주를 확장해 이야기하자면 물생활에 할애하는 시간은 제게 일상의 쉼표입니다.

무언가에 쫓기듯 하루를 보내고 나면 가끔은 다 집어치우고 어딘가에 숨어서 유유히 살고 싶다는 생각이 절로 듭니다. 그러나 우리가 사회적 존재로서 의지와 목적을 가지고 세계에 개입하면서 일정한 책임과 의무를 지는 삶을 완전히 저버리지 않는 이상—예를 들어 무인도 같은 곳에서 누구와도 접촉하지 않고 오직 생존만을 위해 살지 않는 이상—어디서 무엇을 하든 영원히 그리고 매 순간을 유유히 지내는 것은 불가능합니다. 괜찮습니다. 문장을 계속 써 내려가기 위해 꼭 필요한 자리에 쉼표를 찍듯 그렇게 유유히 보내는 시간을 이따금 삶 속에 있게 하는 것만으로도 괜찮습니다. 잠시 유유히 있다가 다시금 해야 할 일들을 계속하면 됩니다. 앞뒤로 문장이 있기에 쉼표의 자리가 만들어지는 것처럼 충실한 삶이 지속하는 와중에서 유유히 흐르는 시간이 그 의미를 가집니다. 그리하여 유유히 산다는 것은 이와 같이 잠정적 방식으로만 이뤄집니다.

고백하자면 이 글 역시 '유유히 쓰기'를 의도한 결과물인데요. 한동안 제 글은 대부분 의무와 연결돼 있었습니다. 연구자로서의 글쓰기는 직업인의 사회적 책무라고 생각해서 썼고, 활동가로 일하는 동안의 글쓰기는 누군가에게 어떤 의무를 상기하고 그 이행을 촉구하기 위한 목적으로 썼습니다. 많은 것을 고려하며 신중하고도 정교하게 쓰느라 늘 쫓기듯 분주했습니다. 그래서 이번만큼은 연구와도, 활동과도 무관한 글을 쓰고자 했습니다. '내 물생활'이라니, 이토록 사적이기 그지없는 소재를 다뤄 본 것도 처음입니다. 글쓰기를 지배하던 평소의 원칙과 거리를 두고 절차나 결과에 대한 강박도 어느 정도 내려놓으려 노력했고요. 하지만 죽 읽어보니 계획한 대로 다 된 것 같지는 않네요. 그래도 아주 오랜만에 유유히 쓰는 경험을 한 것으로 만족합니다. 이번 글을 유유히 쓴 덕분에 다음번에는 써야만 하는 글을 다시 또 쓸 수 있겠지요. 여러분의 일상에도 유유히 보내는 시간이 적절히 잘 배치되기를 기원합니다. 그리고 우리 모두의 삶에 쉼표와 충실한 정진이 조화롭게 함께하기를 바랍니다.

적당히, 근사하게

장청옥

—

비교 문학자

적당히

정도에 알맞게

글자 만든이 • 남다영

내가 어려서부터 즐겨 사용했던 '멋지게', '훌륭하게'에 해당하는 단어는 '근사하게'였다. 산을 등진 마을 꼭대기 집에 살아서 발아래로 경사진 밭을 일구고 바람이 실어나른 바다 내음을 맡을 수 있던 고향 집에서는 '근사함'은 일상에서 멀리 떨어진 어떤 것에 가까웠다. '근사近似하다'의 사전적 의미 중 아마 '거의 같다', '그럴듯하게 괜찮다'는 의미였을 이 표현은 내게 비범하거나extraordinary 걸출하거나outstanding 멋진dandy 뉘앙스를 풍겼다.

사실 어린 나이에도 일상의 평범함을 유지하려면 바지런히 손발을 움직여야 한다고 느꼈다. 그 어느 쪽에도 치우치지 않는 '중간'에 머물기가 어렵다는 것을 알았을 때는 '근사함'은 '완전'이나 '백 점 만점에 백 점'보다 완벽함을 향한 방향성과 운동성을 느끼게 했고 그런 대상에 순간 흔들렸다. 어쨌든 지금 여기에서 한참 떨어진 어떤 것을 순간 경험할 때 드는 느낌으로 이해했다.

이 단어를 내가 즐겨 쓰게 된 데는 아마 내가 선망하는 대상의 언어 습관에 있지 않았을까 싶다. 시골에 살아도 도시에서 오는 전학생과 외지에서 새로 오신 선생님들은 어딘가 다른 곳의 냄새를 언어에 담고 있었다. 누구의 영향이었는지는 모르지만, 언제가 또 친하고 싶은 대상이 그 단어를 쓰는 것을 목격했을 때 같은 단어를 공유하는 기쁨도 느꼈다. 타지에서 오신 국어 선생님께 '시절'이라는 단어를 갖고 골탕을 먹였던 적이 있다. 내가 사는 곳에서 '시절'은 동네 착한 바보를 정겹게(?) 부르는 말이었는데 '좋은 의미'라는 우리의 말을 믿고 어감이 좋다고 호號로 사용하면 좋겠다고 하셨다. 국어 선생님이셨으니 그 뜻은 금세 탄로가 났을 테지만, 잠시 '시절'을 경험하신 선생님의 모습이 떠오르면 미소도 함께 떠오른다.

아무튼 '근사하다'는 형용사는 감탄의 대상을 대할 때 떠오르는 내 언어로 자리 잡았다. 그러다 '높고 먼 이상을 좇지 아니하고 자기 몸 가까운 곳을 생각하다'라는 뜻의 '근사近思하다'를 알게 됐다. 완전함과 더 나은 것을 추구하는 것이 아니라 어렸을 때부터 귀가 닳게 듣던 '자신에 대해 생각하라'는 것이다. '생각하다'는 동사다. 적극성을 요구하는 일이었다. 이 의미가 내 세계로 들어오게 된 건 사회에 대해 생각하고 사회에서 어떤 역할을 할 것인가를 생각하던 시기에서 '나나 잘하자'라는 생각이 들기 시작하던 시기였을 것이다.

'생각하다'가 동사라도 생각으로 일을 성사할 수는 없으니 필요한 게 '근사勤仕하다'라는 반복된 행동이다. '맡은 일에 부지런히 힘쓰다', '직장에 적을 두고 직무에 종사하다'의 뜻으로 매일 반복되는 일과 관련된 동사다. 어려서부터 귀에 딱지가 앉게 듣던 '맡은 자리에서 최선을 다하는 것'인데 반복은 습관을 형성하고 습관은 생각이라는 과정을 생략하기 쉽다. 매일 반복하는 일에 신경을 쓰는 것은 대단히 스트레스를 주는 일이고 반가운 일은 아닐 것이다. 일이 즐거운 경우가 아니라면 더욱 그렇다.

일이나 직업이 고정되거나 안정적이지 않은 나 같은 사람에게 근사近思하고 근사勤仕하는 일은 거의 동시에 요구된다. 우스갯소리처럼 친구들과 하는 말이 있다. 나이를 이때껏 먹어도 내일을 어떻게 살아야 하는지 고민이라는. 불안정하다는 것은 변화 혹은 변화 가능성 속에 놓였다는 뜻인데 느슨하게 반복되는 일상 속에서도 자신과 자신의 환경을 생각하는 일을 멈추지 못하는 것이다.

단어 역시 생명이 있어서 사용하는 사람에 따라 더 오래 살기도 하고 생명력 넘치게 남용되기도 한다. 단어와 단어가 함께 사용되면서 의미를 더 명확해지거나 다른 뜻으로 길을 내기도 한다. 나와 내 주변의 언어 사용자들을 관찰해보면 같은 단어와 문장이 똑같은 의도와 의미로 전달된다는 확신이 들지 않는다. 우리의 삶이, 교육이, 환경이 단어에도 미세한 결을 만들고 있고, 사는 동안 켜켜이 의미들이 쌓이거나 눌려 변형되는 것을 느낀다. 단어 역시 사용하는 우리와 함께 살아가는 것이다.

'차연'의 개념을 빌려오지 않더라도 완전한 단어의 의미lexical에도 도달할 수도 없을 것이 분명하다. 그렇더라도 노력을 중단할 것이 아니라 부단히 언어를 사용해 그 가까이에 도달하려고 노력할 수밖에 방법이 없다. 우리 개인의 삶이 고유하고 소중하듯 우리의 단어가 담은 의미 역시 고유하게 살아 있다. 삶이 소중하듯 '적당適當히' 말고 '적당的當하게' 언어도 생활도 근사近似하게 근사近思하며 근사勤仕할 일이다. 그래서 적당히, 근사하게 보고 생각하고 말하고 싶다.

손들지 않는 아이

임지영
—
예술 교육자

절대로

어떠한 경우에도 반드시

글자 만든이 • 박규현

이미 답을 다 알고 있었어. 국어 교과서 지문은 너무 시시껄렁하고 뺄셈쯤 보자마자 답이 나오는데 선생님은 자꾸 질문하는 거야. 그래 놓고 아는 사람 손을 들래. 그렇게 쉬운 걸 꼭 말로 해야 해? 나는 절대 손을 들지 않았어. 절대, 절대로. 콕 찍어 시키면 마지 못해 조그만 소리로 답을 얘기했지만, 손을 들고 발표하는 건 절대 싫었어.

자꾸 놀리기만 하는 그 아이를 엄청 미워했어. 눈은 동그랗게 힘줘 뜨고 입은 일자로 야무지게 닫고서, 장난꾸러기 짝꿍에게 '너랑 절대 안 놀아!' 날마다 째려봤어. 어떤 날은 사탕 같은 걸 불쑥 주기도 해서 그걸 물고 있는 동안은 '그리 나쁜 아이는 아니구나.' 누그러지기도 했지만, 언제나 내 머리카락을 잡아당기거나 지우개를 던져서 정말 절대 좋아질 수가 없었어.

나는 절대를 좋아했어. 절대 안 하는 게 많았고 절대 싫은 것도 많았어. 나는 혼자 노는 아이가 되어버렸어. 뭐 어때. 나는 절대 외롭지 않아. 점심시간에 일찍 나와 쇠가 벗겨진 철봉에 거꾸로 매달렸어. 세상이 홱 뒤집혔어. 건물도 거꾸로, 사람도 거꾸로, 모두 거꾸로. 햇살에 눈이 감기고 바람이 나를 흔들었지. 꽈당! 나는 봄날의 어지럼에 정신이 나갔나 봐. 다리가 풀려 모래밭에 그대로 곤두박질쳤어. 아득한 모래 늪에 박히는 기분. 목이 꺾여 죽는 걸까. 그때 내 어깨가 홱 일으켜졌어. 어라, 목이 움직여지네. 그때 다급한 목소리가 들렸어. 괜찮아? 괜찮아?

절대 안 놀기로 다짐한 바로 그 아이였어. 우리 반 최고의 장난꾸러기 내 짝꿍. 잠시 멍하다가 정신이 단박에 돌아오며 얼굴이 새빨개졌어. 아니, 내가 철봉에서 떨어지다니! 절대 그럴 리가 없는데. 내가 얼마나 철봉을 잘하는데! 믿을 수 없었지만, 나는 모래밭에 박힌 거야. 그런 나를 지금 눈앞의 그 아이가 구한 거라고. 절대 안 놀기로 맘먹은 하필 이 녀석이.

그날 이후 슬그머니 마음이 쓰였어. 하지만 절대 싫은 건 싫은 거니까 마음에는 벽을 쌓았지. 그런데 그 아이도 예전과는 달랐어. 머리카락을 잡아당기지도 않았고 사탕을 주는 빈도

수도 늘어났고. 어느 날, 모둠 발표 숙제가 주어졌어. 수행 평가라 협동해서 잘해야 했어. 그런데 나는 발표는 절대 싫어하는데 말이지. 연극 지문을 나눠 읽는 건데 방과 후에 철봉에서 연습했어. 내가 철봉을 좋아한다는 것을 안 그 아이가 매달려서 해보라고 부추겼어. 그 아이는 목소리가 무지 커서 아주 시끄러웠는데 자꾸 연습하다 보니 내 목소리도 커졌어. 나는 거꾸로 매달려서도 연습했고, 그 아이는 계속 잘한다! 잘한다! 박수도 쳤어.

절대 안 놀 거라던 친구와 절대 싫어하는 발표를 엄청나게 잘해버렸어. 선생님도 반 친구들도 눈이 휘둥그레하며, 진짜 연극배우 같았다며, 목소리도 정말 좋고 감동했다며, 그동안 왜 그렇게 조용히 있었냐며, 나는 그렇게 우리 반 스타가 됐어. 국어 시간마다 제일 먼저 손을 드는 아이가 됐어.

그렇게 나는 절대를 떠나보냈어. 절대로 안 되는 건 없었어. 절대로 싫은 것도 그때뿐이고. 나는 절대로 절대를 함부로 쓰지 않겠다고 다짐했지. 다행히 그후에도 절대 돌아오지 않더라고.

예술의 유령

김웅기
—
미술 비평가

제 격식이나 규격대로

글자 만든이 • 이윤지

앤디 워홀Andy Warhol은 귀신으로 살다가 사람으로 죽었다. 워홀이 예술가가 된 이래 그의 모습과 작품은 어디에나 나타나고 어디서나 보였다. 1968년 워홀이 밸러리 솔라나스Valerie Jean Solanas에게 총 두 발 맞았을 때도, 1987년 담석적 합병 수술로 사망했을 때도 뉴욕시의 일간지 『뉴욕 포스트』 전면에 나올 정도로 유명했지만, 한 남자로서 워홀에 대해 아는 사람은 거의 없었다. 우리가 아는 이미지, 공적 이미지, 미디어를 매개로 드러난 워홀이야말로 워홀의 거의 유일한 모습인 것이다. 미디어를 통해 형성된 워홀의 이미지는 도리어 워홀이 누군지를 숨기는 기능으로 작동했다. 미디어의 본질인 폭로를 통한 은폐가 워홀의 이미지를 통해 우리는 확인할 수 있는 것이다. 워홀이라는 껍데기만 가진 유령은 과도하게 보여주지만, 껍데기에 가려진 워홀의 본 모습은 도리어 가려진 것이다.

워홀이 언제 어디서 태어나고 자랐는지 인터뷰 때마다 달랐다. 태어난 피츠버그가 "내 인생 최악의 장소"여서 알려주기 싫었다고 하며, "출생의 비밀을 알려주지 않았다. 어찌했던 물어볼 때마다 나는 다르게 조작했다."고 고백했다. 이름도 앤드류 워홀라Andrew Warhola에서 앤디 워홀로 개명했다. 성형 수술도 하고, 언제나 선글라스를 쓰고, 가발을 써서 본래의 모습을 가렸다. 대머리라는 워홀의 진면목은 상상조차 할 수 없다. 아티스트 토크나 자기 전시 오프닝에도 분장한 대역을 보냈다. 젊은 데이비드 보위David Bowe가 워홀의 소설을 원작으로 한 연극을 보고 난 후에 〈앤디 워홀〉이라는 노래를 작곡했다. 거기서 보위는 워홀이 실버 스크린과 구분될 수 없는 "머터리얼 고스트"라고 갈파했다. 마지막 수술을 받기 위해 병원에서 수납할 때도 "홍길동(존 스미스?)"이라고 썼다. 심지어 워홀의 장례식이 치러진 뒤에도 엘비스 프레슬리처럼 어느 한적한 소도시에서 워홀을 봤다는 사람이 더러 나타나기도 했다. 정작 그의 사후 묘비에 1928년에 태어났다고 새겨졌고, 가족들 묘 옆에 묻혔다. 죽고 나서야 비로소 다른 평범한 사람처럼 일반적 공동묘지에 묻혔고, 그가 우리와 다를 바 없는 사람이라는 것이 비로소 명확해졌다.

내가 미술에 관심을 가지기도 전에 이미 세상을 떠나버린 워홀이라는 아티스트를 그가 죽은 지 20년이 지나서야 비로소 매료되기 시작해 20여 년이 넘도록 간간이 자료를 모으고 읽으면서 행적을 추적해왔다. 정보가 온라인과 오프라인에 넘쳐나서 그에 대한 자료를 모을수록, 아는 만큼 워홀은 더더욱 윤곽조차 알기가 어려워졌다. 여느 오프닝이나 파티에 가면 워홀과의 인연에 대해 말하고 싶어 하는 사람들을 도처에서 만났다. 레트로 느낌이 나는 작은 카페나 바에 가면 워홀이 한때 죽치고 있던 장소라고 했다. 그런데 카페 지노나 세렌디티를 막상 가 보면 뭐 낡고 침침한 느낌이 나서 왜 여기가 그렇게 유명했는지 알 수가 없었다. 미국서 가장 저명한 미술 평론가 제리 살츠Jerry Saltz는 "미술계에서 워홀은 공기와 같다."고 한다. 또 살츠에 필적하는 주간지 『뉴욕커』의 평론가 피터 슈제달Peter Schjeldhal은 "어떻게 해도 워홀로부터 도망갈 수가 없다."고 했다. 모마MoMA에 가면 벽면 하나 캠벨 수프 깡통 36개가 딱 중앙에 줄을 지어 걸려 있었고, 골든 마를린은 거의 루브르 모나리자에 상응하는 아우라를 뿜고 있었고, 그 앞에 중년의 백인 두어 명이 경배하는 자세로 보고 있었다.

연극이나 영화 바깥에서 한 사람의 인생이 한 편의 연극 같거나 영화 같다고 한다면 그 삶은 도대체 어떤 것일까? 예술가의 인생 자체가 예술로 변한다면 그 예술가가 만들어내는 예술이란 과연 어떤 것일까? 삶이 연극이나 영화로 변해버린 사람이나 현상은 그 얼마나 기괴하면서 신기할까? 메타버스에서의 삶이야말로 리얼이고, 모니터 바깥의 세상이 가상이 아닐까?

이 글은 죽음 한가운데 있는 삶, 인생의 한복판에 있는 죽음을 보여주는 아티스트, 워홀에 관한 이야기다. 그의 드로잉, 그림, 조각, 영화, 사진, 퍼포먼스와 그의 프로젝트, 그리고 작품과 예술에 관한 이야기이기도 하다. 워홀 자신이 언제나 선언하듯 그에 대한 진면목은 그냥 보이는 그대로 껍데기에 있다.

> "앤디 워홀에 관한 모든 것을 알고 싶다면 내 그림, 영화, 나 자체의 표면을 그냥 봐라, 거기에 내가 있다. 그 뒤에는 아무것도 없다."

보이는 것을 그냥 보는 이 단순한 행위가 얼마나 복잡하고 어려워 나는 상당히 긴 세월을 허송하면서 우회해 겨우 보기 시작했다. 우선 이 단순한 시선을 막고 있는 수많은 난관과 함정을 겪고 빠져 나왔어야 했다. 20세기 초반의 각종 예술 사조, 특히 다다이스트의 소음을 견뎌야 했고, 기능이 형태에 우선한다는 바우하우스의 '뻔한' 신조를 뒤집어 이해해야 했으며, 마르셀 뒤샹Marcel Duchamp의 〈변기〉나 〈자전거 바퀴〉에 얽힌 신화를 받아들여야 했다. 존 케이지John Cage의 농담과 머셔 커밍햄Merce Cunningham의 사기, 이브 클라인Yves Klein의 헛짓거리를 상당히 진지하게 받아들여야 했다. 워홀이 말하는 매끈한 표면이 제스퍼 존스Jesper johns의 얼룩진 '깃발'의 표면처럼 20세기 중반 미국 문화 예술의 총체적 역사가 투영되고 반사되고 있다는 것을 알게 되었다. 마침내 워홀이 예언한 대로 그는 우리 모두의 '거울'이 되었다. 우리가 보고 싶은 대로 보여주는 거울이 되어버렸다.

물질로 거울은 실제로 거기에 있지만, 거울은 모든 것을 반사해버려 거울 자체는 보이지 않는다. 있지만 없는 것처럼 보이는 거울처럼 백인 남성으로서 워홀은 언제나 사람들 앞에 있지만, 워홀을 만나고 있는 사람들조차 워홀을 그 나이의 사람처럼 보이지 않았고, 워홀과의 관계도 항상 기대나 예상과 심하게 어긋났다. 워홀과 개인적 관계가 깊어질수록 워홀은 멀어져 갔다. 워홀의 사회적 트로피로 여겨졌던 에디 세즈위크가 자살했을 때도, 워홀의 가장 밀착한 어머니 줄리아 워홀라가 임종했을 때도 워홀은 별다른 감정의 기복이 없었다. 10여 년을 함께 산 애인 존과 헤어졌을 때도 겉으로는 태연했다. 그 무표정과 무신경 때문에 워홀 주위의 사람들은 워홀을 경원했다.

워홀 자신이 보여주려고 했던 워홀. 1960년대 초반부터 1980년대 후반까지 예술과 문화의 아이콘으로 워홀은 그의 얼굴, 행적, 예술 그 자체였지만, 보이지 않았고 잡히지 않았으며 알려고 할수록 더 모를 사람이었다. 저 너머 우리가 살아가는 현실의 바깥에서 무심하고 냉담하게 내려다보고 있는 듯 보였다. 이러한 비현실성과 형체가 없는 이미지를 현실로 끌어들이고 이미지 그 자체가 워홀이라는 껍데기를 매개로 드러나고 펼쳐졌다는 것을 받아들인다면 오히려 우리가 당연하게 주어진 그 자체로 받아들였던 현실 그 자체가 대상화되면서 표면으로만 있는 이미지 자체도 비현과 현실의 틈 사이에서 그 끝없는 깊이가 심연처럼 드러날지도 모른다. 조르주 아감벤Giorgio Agamben이 말하는 '행간Stanze'이라는 차원 속에서만 어디에나 존재하지 않던 워홀이라는 존재를 s그 본질을, 그 내용을 파악할 수 있을지도 모르겠다. 이러한 '가장 원대한 비현실'은 아감벤이 인용한 휴고 폰 호프만스탈Hugo Von Hofmannsthal의 말처럼 그것을 "붙드는 사람만이 가장 원대한 현실을 창조해낼 것이다."

워홀이 처음으로 의식 속으로 들어온 때가 1994년 늦은 여름 쯤이었다. 문화 사회학을 전공하던 후배 J가 생일 선물로 모마에서 발간한 워홀의 골든 마릴린 포스트를 줬다. "뉴욕에 있으려면 이 정도는 좋아해야 합니다. 선배…." 당연히 워홀 이름 정도야 알고 있었고, 대량 생산 시대에 대량 유통되는 이미지 운운하던 정보도 읽었다. 그런데 아무리 봐도 그저 그랬다. 포스트 같기도 했고, 좀 덜떨어진 광고 판촉물처럼 보였다. 모마에 가서 32개의 캠벨 수프 그림을 보고, 각종 마릴린이나 앨비스, 마오 초상화를 봤지만, 거대한 책 표지처럼 보였다. 그뿐이었다.

맨하탄 남동쪽 트라이베카TriBeCa라는 지역에 꽤 오래 살았다. 학교가 5번가 13가에 있어서 학교 가는 길은 언제나 갤러리가 촘촘하게 늘어선 소호를 경유해야 했다. 코스 워크가 끝날 무렵부터는 시간적으로 여유가 나서 등굣길에 갤러리 예닐곱 곳을 산책하듯 들렀다. 미술사를 공부하던 친구 여동생이나 아내와도 가까워지고, 또 오랫동안 뉴욕에서 작업하던 아티스트들도 알게 되었다. 더 자주 갤러리나 미술관에 갔고, 전시 오프닝이나 아티스트 스튜디오에 갈 기회도 많아졌다.

그리니치 빌리지 인근에 있는 카페나 맥주집에 가면 잭슨 플록Jackson Pllock이 어쩌고, 윌렘 드쿠닝Willem Decooning이 저쩌고, 라우센버그Rauchenberg가 주먹질을 했네, 로버트 마더웰Robert Mothewell이 오줌을 쌌네 등과 같은 예술과 예술가에 얽힌 전설과 괴담을 항상 듣게 되었다. 아는 이름이 늘어날수록 더 많은 이야기가 들려왔다. 심지어 매주 금요일 오후 주말에는 유학 온 선후배들과 거의 언제나 가던 유니버스티 플레이스University Place와 10가tenth street에 있는 맥주집 세다CEDA가 추상 표현자들이 항상 모여 난리 법석을 피우던 전설의 술집이었다는 걸 알게 되었다. 미술에 1퍼센트도 관심이 없던 경제학과 선배조차 그 세다에 얽힌 이야기를 종종 했다. 그 밑도 끝도 없던 전설과 괴담 중에서 으뜸은 워홀에 관한 것이었다. 워홀의 팩토리에 들락거렸다는 사람부터 조수의 조수였다는 사람들이 어디나 출몰했다. 카페나 술집뿐 아니라 클럽, 라운지, 케이크가게, 샌드위치가게, 독립영화상영관, 백화점, 골동품가게 등 워홀과 엮인 곳이 끝도 없이 나타났다. 그런데 막상 가 보면 내 눈에는 별다를 거 없는 비교적 낡아서 이런저런 흔적이 많은 미국의 낡은 가게였다. 원래 기대를 크게 하지 않는 성격이지만, 그래도 실망이 거듭되니까 그 후로는 굳이 가서 확인하지 않게 되었다.

갤러리나 미술관 가는 게 습관이 되고 대부분 토요일을 스스로 '갤러리 데이'라고 하면서 갤러리 가이드를 체크하면서 다니기 시작했다. 그즈음 워홀보다 더 눈에 들어오는 아티스트가 생겨났다. 그중 하나가 제프 쿤스Jeff Koons였다. 어항에 떠 있는 농구공이 왜 미술품이 되는지, 또 그 작품을 보고 순수하고 숭고하다고 하는지 도무지 알 수가 없었다. 쿤스를 천하에 둘도 없는 뻔뻔한 사기꾼이고 허풍쟁이라고 하는 비평가도 있었다. "교활한 제프Sly Jeff"라 부르기조차 했다. 왠지 쿤스를 이해하면 워홀 작품을 위시한 현대 미술을 이해할 수 있을 듯했다. 쿤스 작품을 볼 수 있는 만큼 보고 읽을 수 있는 만큼 쿤스와 그의 작품에 대한 텍스트를 읽었다. 한국에서 뉴욕에 온 유명한 아티스트들을 만날 때마다 쿤스나 워홀에 대해 궁금한 것을 물어봤다. "워홀이나 쿤스를 어떻게 생각하세요?", "쿤스의 농구공 작업, 〈평행Equlibrium〉이 왜 좋을까요?"

대답은 대체로 두 가지로 갈렸다. "저는 워홀 같은 팝아티스트들은 싫어해요. 과대평가되고 마케팅의 산물처럼 보여요.", "워홀은 대량 생산되는 시대의 상품 미학을 대량 유통되는 이미지를 통해 충실히 드러내고 있어 자본제 생산에 대한 내재적 비판을 수행하고 있어요.", "쿤스는 NBA의 물신

성을 매우 퓨어한 형태로 재현하고 있어요."

무슨 말인지는 알겠지만, 과연 그런지 확신이 없었다. 좋아하지 않고 관심도 없다는데 더 물어볼 수가 없었다. 좋다고 하는 사람의 의견은 잡지나 책에서 늘 읽던 거라 역시 별 감흥이 없었다.

미술에 중독됐다는 말을 들을 정도로 갤러리나 미술관을 일주일에 이틀 이상 다니기 시작했다. 한 달에 전시를 400~500개 정도를 보게 되었다. 어느덧 아마추어 미술 평론가가 되어 아티스트들과 미술 이론 공부하는 사람들과 토론과 논쟁이 일상이 되었다. 유행하던 각종 철학적 담론이나 문화 예술 이론을 토해내며 현대 미술에 대해 언제, 어디서나, 누구 앞에서라도 기염을 토하기 시작했다.

그런데 이상하게도 작품을 많이 볼수록 또 아티스트와 큐레이터들과 미술에 관해 이야기할수록 허무해지고 힘이 빠지기 시작했다. 전시를 보면 뭐하고, 미술에 관해 이야기하면 뭐하나 하는 생각이 더러 들기 시작했다. 보이는 것과 말하는 것 사이에 괴리감이 심해지기도 하고, 내가 알고 파악한 뉴욕 미술계의 현실과 내가 만난 사람들이 알고 있는 미술과 미술계에 대한 정보가 상당히 달랐다. '장님 코끼리 만지기'처럼 자기가 본 것에 대해 목소리가 큰 사람이 정답처럼 받아들였다. 더욱이 미술을 또 다른 형태의 비판이고 다른 방식의 철학처럼 받아들이는 분위기에 편승해 나도 모를 어려운 말을 경상도 큰 목소리로 조리 있게 말하면 상당히 받아들였다. 메를로 퐁티나 들뢰즈, 보들리아르, 이리가리 이론으로 작품을 끼어 맞춰 설명하면 사람들이 받아들이고 수긍하는 게 신기했다. 내가 전혀 확신할 수 없는 거짓말이었기 때문이었다. 아그네스 헬러Agness Heller 선생이 강독하는 칸트의 판단력 비판 세미나를 청강하면서 칸트식으로 자신의 미술에 관한 입장을 문득 반추해봤다. 미술을 미술이게끔 하는 그 무엇이 있지는 않을까? 미술이 또 다른 형태의 철학이고 비판이라면 미술이 있어야 할, 반드시 미술이어야만 할 이유나 필요가 있을까? 선하나 반듯이 긋지 못하고, 연필 하나 제대로 깍지 못하는 내가 제대로 이해하지도 못하는 어려운 이론적 언어를 아티스트들 앞에서 나불거리며 그들을 오시하고 으스대는 꼬락서니를 떠올리고 자신이 부끄럽고 쪽팔렸다.

각종 미술 입문서나 미술사 개론서를 읽어보면 미술은 미적 체험을 하는 것이라고 하고 직관이나 감정 이입이 중요하다고 한다. 나는 미술품을 어려운 이론서 독해하듯이 하고 미술 작품을 실제 보면서도 텍스트로 이해하려고 발버둥 치고 있었다. 느낌과 앎의 경계도 없어서 차이를 알 리도 없었다. 답답하고 숨 막힌 시간이 흘러갔다. 오히려 미술보다 각종 이론서가 더 쉽게 이해되고 읽는 재미를 느꼈지만, 이것도 피곤했고 공허했다. 주디스 버틀러나 로잘린 클라우스 같은 이의 논문을 읽으면 더없이 명료하고 내용이 깊어 읽을 때마다 감동하면서도, 이런 담론이 만들어내고 유통하는 미국 사회의 현실, 특히 인종 문제나 소수 민족 문제에 한없이 무력한 현실을 보며 답답해하던 참이었다.

1995년, 나는 53가 세컨드애버뉴 근처에 살고 있었다. 긴 여름 방학 때 오후 4~5시경 걸어서 5분 걸리는 모마에 출근이라도 하듯이 다녔다. 1층 스컬퍼쳐가든에 책을 들고 앉아 구경 온 사람을 힐끗힐끗 보면서 책을 읽다가 문 닫기 30분 전 방송이 나오면 순찰 돌듯 미술관을 한 바퀴 휙 도는 루틴을 만들었다. 여느 날처럼 1층 전시장을 돌아보는데 초등학교 2~3학년쯤 보이는 흑인 꼬마들이 단체로 관람을 왔다. 전시된 쿤스의 농구공 이퀼리브리움을 보자마자 "농구공이다!"라고 환호를 지르면서 아이들이 작품을 향해 뛰어왔다.

"우와! 접착제로 붙인 모양이다. 굉장하다!"

"얘들아! 만지면 안 돼!"
"우와! 물이다. 어떻게 이래?"

아이 하나가 작품을 좀 흔들었고, 선생은 비명을 질렀으며, 가드는 뒤뚱뒤뚱 뛰어왔다. 다행히 아이들은 진정되었고, 교사는 이 작품에 관해 설명했다.

아이들의 반응과 행동을 지켜보면서 나는 비로소 쿤스의 작품이 이해되었다. 번개 치듯 한순간에 저절로 알게 되었다. 돈오한 것이다. 아이들처럼 있는 그대로 봤으면 되었을 것을, 이게 왜 작품이 되는가로 접근해서 무슨 암호를 해독하듯이 알려고 했기 때문에 도저히 느낄 수가 없었던 것이었다.

아이들은 농구공이 어떻게 물속에서 떠오르지 않는 게 신기했다. 떠올라야 할 공이 물에 잠겨 있을 수가 없으니까 투명한 접착제로 공을 붙여 둔 것이라 생각했나 보다. 그런데 그냥 물이라는 걸 알고 나서 아이들은 더욱 시끄러워졌다. 하필이면 축구공이나 배구공이 아닌 농구공인 까닭도 농구공이 공 중에서 제일 탄성이 크니까, 즉 부력이 제일 강한 공이 물에 떠오르지 않고 반만 떠 있으니까 가장 극적인 효과가 크다. 눈으로 보기에는 농구공은 흠집이 하나도 없다. 어떻게 했는지 농구공은 자연 법칙에 반하면서 경이롭게 떠 있는 것이다. 내가 배우고 경험한 모든 것에 비춰보면 떠올라야 한다. 언제라도 떠오를 것 같은데 떠오르지 않는다. 그래서 끊임없이 눈이 갈 수밖에 없고, 계속 보고 있으니까 농구공이 나처럼 느껴져서 내가 자연에 맞서는 초월적 단독자나 된 듯했다. 무진장 낭만이 가득했다. 미국 평론가들이 이 작업을 두고 숭고하고 순수하다고 평한 까닭도 비로소 이해가 되었다. 이렇게 쉬운 것을 그렇게 어렵게 비꼬아서 억지로 본 것이다.

나름 이렇게 쿤스의 작품을 이해하게 되면서, 작품을 머리로 보지 않으려고 노력하면서 본격적으로 미술에 대해 글을 쓰기 시작했다. 우선 블로거를 개설해서 내가 보고 딱 이입이 되거나 좋다고 생각되는 전시에 대해 매우 사적으로 글을 썼다. 어느 정도 쓰니까 네이버에서 파워블로거란 딱지도 붙여주었다. 익명의 글쓰기였지만 반응이 좋았다. 생전 보지도 못한 작가들에게 전시 서문을 써달라는 요청이 들어오기도 했다. 정작 내 주변에서는 내가 이런 글을 쓰고 있다는 걸 아는 사람은 거의 없었다. 익명을 지키며 글을 쓰고 누군지도 모르는 사람들이 좋아하거나 반박할 때도 즐거웠다. 한편으로는 정치 관련 논문을 쓰고, 다른 한편으로는 전시를 보고 전시에 대한 감상을 쓰는 이중 생활이 재미있었다. 시간 가는 줄 모르고 원 없이 전시를 보고 수많은 아티스트를 만났다.

그러다가 어느 날 22가 가고시언갤러리에서 워홀의 〈마릴린 먼로 네거티브 시리즈〉를 보게 되었다. 그 큰 갤러리 공간을 빙 둘러 20여 점 흑백의 마릴린 초상들이 싸고 있었다. 초상화가 한쪽 방향으로 흐려지고 있었다. 보자마자 마릴린 먼로의 유령이라는 생각이 들었다. 2007년이었는데 워홀 사후 20주년을 계기로 엄청난 숫자의 워홀 작품이 뉴욕 메이저 갤러리에 전시되고 있었다. 그 전시를 보다가 비로소 알게 되었다는 워홀이 새롭게 보였고, 그 다양함에 압도되었다. 1960년대 초반의 워홀 작품만 알다가 워홀의 수많은 연작 〈그림자 시리즈〉, 〈오줌 그림 시리즈〉, 〈로스샤슈 시리즈〉, 〈커머플라지 시리즈〉 등 너무나 다양한 워홀의 작업에 압도되었다. 그뿐 아니라 〈론섬 카우보이즈Lonesome Cowboys〉 같은 영화뿐 아니라 〈불로우 잡Blow Job〉을 필두로 한 영상 작업도 그 단순한 구조인데도 놀라울 정도로 쿨하고 충격적이었다. 한 아티스트가 이렇게 방대하게 다양한 작품을 생산해냈다는 사실 앞에서 어안이 벙벙할 정도로 놀라웠다. 더 놀라운 사실은 이 다양한 작품이 매우 강력한 일관성을 가졌고, 그렇게 철학적으로나 사회학적으로 심오할 수가 없었다.

더욱이 내가 태어나기도 전에 이러한 작품을 만들어낸 작가를 내가 불혹의 시기를 거칠 무렵에나 겨우 이해하게 되었다는 사실이 믿을 수가 없다. 색면 추상이나 미니멀리즘 계열의 작품은 무언가 볼 때부터 알기가 어려웠다 치더라도 워홀의 작품은 누가 봐도 빤하게 쉬운 데 이렇게 알기가 어려웠다는 게 스스로 이해할 수가 없었다. 하물며 쿤스나 데미안 허스트, 리차드 프린스, 무라카미 다케시, 가브리엘 오르츠코 등은 워홀의 계승자, 다시 말해 포스트 워홀리언Post Warholian 처럼 여겨진다. 워홀도 이해하지 못하면서 이들이 어떻게 이해할 수가 있을까 싶었다. 하물며 이 아티스트들이 세계 미술계를 쥐락펴락하고 있다고 해도 과언이 아니다. 미술 시장 자체를 주도적으로 끌고 갈 정도다.

부사 없는 삶

김주현
—
기자

• 조금씩

조금씩

많지 않게 계속하여

글자 만든이 • 이수민

1997년 봄, 새파란 수습기자들을 만난 선배는 이렇게 말했다. "기자라면 대한민국 50년사를 200자 원고지 한 장에 쓸 수 있어야 한다." 그 선배는 나중에 경향신문 편집국장까지 했던 특종 전문기자였다. 그때는 200자로 우리나라 역사를 요약하라는 말을 듣는 순간 '뻥'치는 것 같았다.

그런데 6개월간 수습하다 보니 그 말이 이해가 됐다. 그랬다. 글에서 '힘'을 빼라는 말이었다. 신문은 지면 제한이 있으니 부사니 형용사니 수식어를 최대한 빼서 간결하게 쓰라는 거였다. 진액만 남기고 다 걷어내야 기사라는 거다. 다른 선배는 "가장 드라이한 글로 사람을 울리는 게 기사다."라고 했다.

그런데 그렇게 쓰려고 하니 200자 원고지 한 장, 두 장에 담긴 정보(팩트)량이 늘어났다. 기교를 부리며 쓰면 금방인 3매짜리 스트레이트도 다 빼고 필요한 것만 담으려니 취재량이 늘어난 거다.

일제 강점기 때 문인 출신 기자들을 보면 수려한 명문이 많았다. 뭐 문화부 같은 데서도 미문을 쓰는 선배도 많다. 그런데 '드라이'하게 부사, 형용사를 빼고 쓰라니. 정말 막막했다.

엎친 데 덮친 격으로 기자 생활 대부분을 산업부에서 보냈다. 다른 부서는 해설기사 쓸 때 나름 부사나 형용사로 '토핑'을 하는데 경제 산업 기사는 이게 잘 안 됐다. 매번 혼나기도 했다. 예를 들면 100조 원을 매출하는 기업이 1조 원 적자를 봤다. 그럼 매출의 1퍼센트가 빠진 것이다. 매출 10조 원을 기업이 1조 원 적자를 보면 매출 10퍼센트가 줄어든 것이다. 같은 1조 원이다. 그런데 1조 원이라는 숫자는 어마어마하다. 그래서 100조 원을 하는 기업에서 '무려' 1조 원이나 매출이 줄었다고 쓰게 된다. 이게 문제다. 요즘 대부분 기사가 그렇게 쓴다. 매출이 크게 줄었다, 큰 폭으로 감소했다고. 그런데 이건 판단의 문제. 기자는 팩트만 전달해야 한다. 그래서 100조 원을 벌었던 기업의 매출이 1퍼센트 줄었다고 써야 한다.

주가가 폭락했다도 비슷하다. 그냥 코스피가 몇 퍼센트 감소했다다. 이런 식으로 '무려', '매우', '크게', '획기적' 이런 류의 수식어가 금기가 됐다. 생활에도 반영됐다. 이런 식이다. 집에 쌀이 떨어졌네, 내일 학원비 내야 하는 데 여유가 없네, "누구 결혼식 부조해야 하는데 이런 설명이 없이 그냥 "돈이 없다." 딱 네 자만 말하는 거다.

수식어를 낭비로 생각하다 보니 친구들과 대화도 어려워졌다. 우리는 보통 내가 이런 상황에 처해 있고, 이리저리하고 싶고, 이러저러한 미래를 꿈꾼다 말한다. 앞에 배경 설명을 붙이는데 그게 잘 안 됐다. 말은 짧아지지만 쉽게 이해하게 해주는 양념이 사라진 격이다. 수식어 없이 앞뒤를 빼고 말하다 보니 '까칠하다'는 소리를 듣기 시작했다.

그런데 이게 연애하면서 바뀌기 시작했다. 지금 집사람, 앞뒤 빼고 이야기하면 폭탄이 터졌다. 상황도 설명해야 하고 수식어도 갖춰야 했다. "오늘 예쁘네." 이 말보다 "오늘 눈이 예쁘네." 하고 수식어든 설명이든 추가해야 했다. 아이가 태어나면서도 그랬다. 아이가 말하기 시작하면서 대화하려면 주변 상황을 빗대서 설명해야 했다. "밥 먹어." 이 말보다 "점심을 조금 먹었으니 저녁은 제대로 먹어야지." 이런 식이다.

이렇게 조금씩 바뀌고 있다. 그런데 애초 생각해보면 내가 기자가 하고 싶었던 건 그 '조금씩'이라는 부사 때문이었다. 나는 세상이 혁명적으로 바뀐다고 믿지 않는다. 다만 어제보다 오늘의 삶이 조금씩 나아지는 게 사회가 진보하는 거라 믿는다. 그래서 서울 정동과 세종로 일대서 25년 직장 생활을 할 때, 내가 쓰는 기사가 세상이 반 치라도 나아지는 데 도움이 되기를 바랐다. 무슨 세계적 특종을 바란 적도 없다. 다만 자신에게 부끄럽지 않고 우리가 살아가는 세상이 조금씩 나아지기를 바랐던 거다.

부사 없는 삶을 살았다고 했는데 돌이켜보니 내 마음속에는 부사가 하나 있었다. '조금씩'. 우리네 삶은 오늘 하루도 어제보다는 조금씩 나아진다고, 앞으로 나아간다고 믿고 싶다.

나쁜 놈들을
나쁘다고 하지 못하고

윤성의

—

IT 노동자

정말, 너무, 굉장히, 무지.

글자 만든이 • 이수연

졸라 나쁜 놈, 저 덩치 큰 녀석도 그랬다. 한마디는커녕 낌새도 없이 다짜고짜 머리부터 쑥 들이밀었다. 내 뒤에서 짐짓 생각에 잠긴 척 점잖은 표정을 짓고 있더니 어느새 조용히 내달려 와서는 새치기를, 그것도 이렇게 일부러 위험하게 하다니. 이럴 때 유용하라고 꼭 챙겨 쓰는 건 아니지만, 헬멧 덕에 입술이 보이지도 않고 소리도 새나가지 않으니 마음껏 욕해줄 수 있다. 졸라 씨발 놈아! 사람들은 오토바이 탄 사람들이 운전을 위험하게 한다고 손가락질하기 일쑤고 내 손가락 역시 더러 그 압도적 다수 편에 서서 수를 더하기는 했지만, 그때마다 내심 하고 싶은 말은 한 가득이었다. 운전을 위험하게 하는 건 네 바퀴 당신들도 못지 않거든. 강남에서 강북으로 퇴근하는 저녁 길, 동호대교에 접어들고 나면 가뜩이나 드센 강바람에 밀려 오토바이의 두 바퀴는 휘청거리기 일쑤였다.

손바닥이 하얘질 만큼 핸들을 꽉 잡고 가는데 굳이 코앞으로 칼치기를 하거나 차선을 넘나들며 위협하는 네 바퀴 차들은 무언가 말이다. 사람들이 입과 혀를 놀려 말을 한다면 차들은 깜빡이로 말을 하는 거 아닌가. 저것들이, 저 졸라 나쁜 것들이 말하는 법을 미처 못 배웠거나 말하지 않기로 작심하지 않고서야 저럴 수가 없다.

울컥했던 마음을 진정하며 한강을 지났다. 귓전에서 맹렬하게 소용돌이치던 강바람이 잦아들고, 온통 주황색 불빛만이 뿌옇게 명멸하는 터널 속으로 파고들고 나니 이내 반성하는 마음이 든다. 아, 또 졸라 욕해버리고 말았네. 내가 헬멧 안에서 뱉어냈던 그 끈적한 욕지거리가 그대로 얼굴에 엉겨 붙고 헬멧 속 공기를 꽉 채워버린 기분이다. 터널을 벗어날 때쯤 헬멧의 투명 쉴드를 끝까지 치켜 올려 바깥 공기를 맞이했다. 얼굴에 차갑고 단단한 공기가 닿자마자 오소소 솜털이 일어날 만큼 상쾌해졌지만, 그저께도 저번주도 비슷한 장면들을 반복했다는 걸 깨닫고 다시 착잡해졌다. 운전하다가 타인에게 화를 내며 닿지 않을 걸 알고도 혹은 아니까 굳이 욕을 입에 담고서는 기분이 안 좋아지는 과정. 마지막에 기분이 안 좋아지는 건 피해야 할 단어까지 입에 담게 만든 상대에 대해 끝내 가시지 않는 불쾌감일까, 아니면 그런 단어를 다시 입에 담고 말았다는 자괴감일까. 두 가지가 모두 섞여 있겠지만, 아마도 후자가 크지 않을까 싶다. 언제부터인지 되도록 말을 골라서 하려고 노력하고 있으니 말이다. 이렇게 말하기 겸연쩍을 만큼 번번이 깨지고는 있기는 해도, 그렇다고 자신에 대한 실망감이나 자책이 줄어들지는 않는다.

말을 고른다는 건 아무래도 말을 아끼는 쪽에 가깝다. 하지 않아도 되는 말 가운데 단연 두드러지는 건 욕지거리들, 그리고 욕과 거의 다름없다시피 한 졸라라는 단어다. 한때 졸라라는 단어를 입에 물고 다니던 때가 있었다. 졸라 짜증 나, 졸라 좋아, 졸라 싫어, 졸라 바빠. 어떤 상황이나 기분을 나타내는 단어 앞에 붙여서 쓰든 간에 찰떡처럼 쩌억쩌억 달라붙었다. 매우, 몹시 따위의 입에 안 붙고 어색한 단어들은 고사하고 엄청이라거나 무지같이 흔히 말하던 단어들도 이제 쉽게 떠오르지도 않을 정도였다. 언제 어디서고 말풍선 하나를 채워서 이야기하려면 절대 빠지지 말아야 할 만능 퍼즐 한 조각은 무조건 졸라였다. 그 전지전능함과 압도적 중독성을 돌이켜 생각해보자면 마치 언어 생활면에서의 라면 스프 같은 지위를 차지하고 있었다 해도 좋겠다. 그렇지만 그 단어가 가장 빛을 발하는 순간은 뭐니 뭐니 해도 욕지거리와 함께할 때였다. 졸라 씨발 새끼, 졸라 나쁜 놈, 졸라 죽여버려, 졸라 쳐맞고 싶냐. 이건 그냥 한 덩어리라고 보는 게 맞지 않을까 싶을 정도였으니. 모르긴 몰라도 '졸라'라는 단어가 붙지 않았다면 욕이 욕같이 들리지 않아서 말하는 사람이나 듣는 사람 모두 민망해졌을 게 틀림없다.

거의 무한대에 가까운 그 활용 가능성 덕분이겠지만, 어느 순간 그 단어는 스스로 생명력을 머금기 시작했다. 졸라라는 단어 하나만 있어도 만사형통이었다. 대충 내가 대학교에 들어간 즈음이었던 듯하다. 수업을 듣고 나와서 문득 누군가 졸라라고 한마디만 하면 다른 누군가는 졸라라고 화답하며 중국집에 전화를 걸었고 또 다른 누군가는 담뱃갑을 챙겨 들고 담배 타임을 가지러 나갔다. 피씨방에서 졸라라고 누군가 말하면 6시 방향이든 11시 방향이든 시커먼 어둠 속 적군이 슬며시 드러나 반짝거리는 방향으로 삽시간에 대군이 밀어닥치는 식이었다. 그러다 보니 단어에 억양도 자유롭게 붙기 시작했다. 물음표로 끝나 끝이 올라가는 졸라는 무언가 언짢거나 의도를 확인하기 위해 쓰였고, 느낌표로 끝나 임팩트가 붙는 졸라는 타박하거나 비난하기 위해 쓰였다. 끝의 발음을 묵음 처리해 '졸'로 끝나는 경우에는 감탄의 의미나 '기분이 안 좋으나 한 번 두고 보겠다' 정도의 경고성 의미를 주고받는 데에 쓰였던 듯하다. 이쯤 되면 이제 애초 졸라라는 단어 자체도 녹아내리기에 이르렀으니 어떤 친구는 졸라 대신 에밀 졸라, 로욜라 등등 자유롭게 이어지는 연상을 토해내며 패륜아나 성스러운 멍청이의 이미지를 냅다 끼얹어 버리기도 했다.

한참 신나게 졸라라 묻고 졸라라 답하는 교리 문답에 빠진 중에 문득 찬물을 뒤집어쓰게 됐다. 당시 친하게 지내던 여자아이 A가 이제 졸라라는 단어 좀 그만 쓰면 안 되겠냐고 했다. 입에 걸레를 물고 다니는 것 같다고, 없어 보인다고. 이제 와 생각하면 그때도 당당하게 졸라? 정도로 답하며 언짢음과 의구심을 표했어야 했을 텐데 아직 워낙 순진했던 때라 그러지 못했다. 아니면 하다못해 90년대를 풍미한 플래시 애니메이션 대작 〈졸라맨〉도 못 봤냐고 반격했어야 했는데. 대체 어느 대목에 걸레가 연상되는지, 어디가 어떻게 없어 보이는지 총체적으로 이해하지 못한 채로 당황한 채 어버버, 제대로 대답하지도 못했다. 그런 내게 이어졌던 공격, 그거 원래 ㅇㅇ, ㅇㅇ게에서 나온 단어인 거 아느냐며. 순간 머리가 하얘졌다면 거짓말이겠지만, 그래도 문득 돌이켜 보게 되었다. 요새 트렌드처럼 뜬금없는 타임리프를 행한 건 아니고, 아닌 게 아니라 늘 마음 한구석이 찜찜하던 터였다. 초등학교 때까지만 해도 고작 열나 힘들어, 열나 빡쳐 정도의 문장만을 구사하던 건 어렴풋이 기억에 남아 있었다. 그런데 어느 때인가 열나가 ㅇ

ㅇ로 바뀌었고 이제 열나라는 단어는 쓰지 않게 되었던 것 같다. 아마도 남중, 남고를 전전하던 위험한 10대의 어느 한순간이었을 거다.

그나저나 생각할수록 상스럽고 부끄럽기 그지없다. 열나라는 단어가 열나게라는 의미라고 한다면 ㅇㅇ라는 단어는 그럼 좆이 나오게 혹은 정액이 나올 만큼이라는 뜻인 걸까. 얼마나 열을 내고 마음을 내어야 그게 나올 정도인지는 모르겠지만, 열나라는 단어보다 최소한 한 열 배는 더 세고 극단적 표현인 게 아닌가 말이다. 게다가 좆과 정액 중 뭐가 나오는지에 따라서도 어마어마한 차이가 존재하는 거고. 아무 대답도 못한 채 눈만 끔뻑거리며 이야기를 듣고 난 후부터는 늘 의식을 하게 되고 말았다. 졸라맨 나쁜 놈. 그러고 보면 남중, 남고에서 쓰던 것처럼 세상 거칠고 삭막하게 ㅇㅇ라고 이야기할 수는 없어서 졸라 정도로 부드럽게 바꿔서 발음했던 건지도 모르겠다. 친구가 오래전 죽어서 사라진 에밀 졸라니 이냐시오 데 로욜라의 이름을 새삼 목에 핏대를 세워가며 불러제낀 것도 마찬가지였을 거다. 말하자면 나름대로 순화, 순치되는 과정을 겪고 있었달까. 우리는 각자 어떻게든 ㅇㅇ 아니 졸라의 그 분방하고 무소불위한 의사소통 능력을 유지하고 싶으면서도 또 동시에 졸라의 뿌리라고 할 수 있을 그 단어의 상스러움이랄까 날것 그대로의 적나라함을 피할 수 있는 최적의 어딘가를 찾느라 애를 쓰고 있었다.

아마도 어쩔 수 없었을 반작용, 또 반작용이 뒤따랐다. 금단현상 같은 거였을지도 모른다. 애초 졸라가 왜 졸라였던가에 대해서 고민하지 않고 마음껏 외치고 다녔던 시기에는 그냥 졸라라고 한마디하는 것만으로도 내 영혼이 곧 나을 것 같은 분위기였는데 더는 그렇지 않았다. 아무래도 날것 그대로, 오리지널 그대로 입 밖으로 내어 발음해야 제대로 한 것 같이 느끼게 되고 만 거다. 할아버지 할머니뻘 되는 농민분들께 쌍욕을 박는 전경들 앞에서 혹은 내 뒤통수를 치고 썸녀를 뺏어간 친구 뒤에서, 그리고 두둥, 군대에 쳐박혀서는 염불외듯 들숨 날숨마다 ㅇㅇ를 외워야 했다. 그런가 했더니 어느 결엔가 그보다 훨씬 순한 맛의 세상으로 떠내려와 버렸다. 그건 어느 언론인이 '쫄지마! 씨바'라며 병맛 코드를 내세워 대중성을 확보하던 이른 시기, 그에 대한 막연한 반감으로부터 시작됐던 것으로 기억한다. 저렇게 노골적으로 들이밀고 대중에 영합하려는 비급 감성, 적나라한 단어라니. 졸라가 ㅇㅇ에서 나왔다면 씨발은 ㅇㅇ에서 나온 거 아닌가. 이쪽에서는 막 정액이 나오고 저쪽에서는 막 섹스를 하는 말들이 유행처럼 창궐해서야 눈 뜨고 못 볼 일이겠다 싶었다. 내 입에서 졸라를 봉인해야 될 때라 처음 생각했다.

그 이후 십수 년이 흘렀지만, 여전히 나는 헬멧 뒤에서 졸라를 외친다. 가끔은 헬멧의 가호 없는 맨얼굴로 외치기도 한다. 이제야 다시 생각하면 말을 고르는 게 꼭 말을 줄이고 아끼는 방향일 필요는 없다. 깜빡이 하나 제대로 틀지도 못하고 앞길을 가로막는 멍청이들을 봐도 알 수 있는 사실이다. 아무리 내가 쓰는 단어에 책임을 져야 하는 나이가 됐다고 해도 마음껏 세상에 화내고 분통을 터트리기에는 어느새 세상에 얽히고 설킨 기득권이 되어버렸다고 해도 그렇다. 여전히 정색하며 삿대질하고 욕하고 핏대 세울 일들은 분명히 많다. 졸라 많다. 그렇지만 그와 동시에, 졸라와 씨발이 난무하는 세상은 너무 자극적이고 선정적이어서 거짓말 같기도 하다. 아무래도 늘 그렇게 모든 게 새롭고 충격적이고 열정적일 리는 없거니와 그런 충격요법은 대개 약장수나 즐겨 쓰는 법이다. 퇴근길 모두가 포근하고 편안한 집으로 내달리는 길바닥이야 전쟁터에 준하는 삼엄하고 첨예한 긴장감이 맴돈다지만, 보통 때 한강 위의 대교를 오토바이로 달리는 건 네 바퀴와 더불어 평화롭고 소소하게 행복한 기분을 준다. 말하자면 졸라 행복한 느낌. 그건 가짜가 아니다. 그래서 여전히 졸라라는 표현을 쓸지 말지에 대해서는 판단을 유보한 채 그때그때 달라지고 마는 거다. 졸라.

열린 문

곽능희

—

음악가

지금

말하는 바로 이때에

글자 만든이 · 이예빈

1994년, 보스턴에 갔다. 음악을 공부하려고 간 그곳에는 일본 학생이 정말 많았다. 일어를 배울 수 있는 좋은 기회였다. 그러나 "나 일어 배울 거야!"라고 말하자 "영어나 열심히 배워라."라는 친구들의 뼈 때리는 말에 곧 풀이 죽었다.

"그림 배우고 싶어!" 말하는 내게 "음악이나 열심히 해.", "더 나이 들어 그림을 배워도 늦지 않아."라는 말이 책망처럼 들려 또 풀이 죽었다.

쉰 살이 되던 해 잠시 두 아이가 없는 집에 남편과 나 단둘이 며칠을 지냈다. 어느 날 "아침에 뭐 먹을까?", "여보, 점심은 뭐 먹지?"라는 매일 반복되는 대화에 정신이 번쩍 들었다. 노년 부부가 따로 없었다. 일본을 방문할 때마다 그때 일어를 배우지 않은 것을 여전히 후회한다. 그림을 그리기 위해 더 늙기를 기다리던 나는 이제 미루지 않기로 했다. '지금이야!'

딸의 책상 서랍을 뒤지기 시작했다. 구석에 처박혀 있던 바짝 마른 붓과 팔레트, 주름 잡힌 플라스틱 물통과 물감을 발견하자 심장이 쿵쾅거렸다. 하얀 도화지에 마구 붓질을 해댔다. 그 순간 희열을 느꼈다. 그건 곧 음악이었다.

습관처럼 나와 상대방을 압박하듯 누르던 '지금'이라는 말이 내게 '용기'라는 새로운 의미로 다가왔다. 그림을 그리기 시작한 지 15개월 후 작년에 첫 전시회를 열었고, 앞으로 열릴 개인전을 준비하며 '지금'이란 말은 '열린 문'의 의미가 되었다.

거울 앞에 앉아 화장하다가 지난 일들을 떠올린다. 그 이야기를 놓칠까 봐 화장을 멈추고 글을 적는다. 지금.

에고

박
직
연

—

미디어 아티스트

•
참

참

사실이나 이치에 조금도 어긋남이 없이 과연

글자 만든이 • 이윤지

"선배님, 어젯밤 참 감사했습니다."

15년쯤 전일까. 그 전날 밤 내가 만든 술자리에 우연히 합석하게 된 후배가 보낸 문자 메시지였다. 얼굴은 처음 봤다. 신인이지만 일을 의뢰하는 클라이언트도 늘고 있고, 감각도 있다는 평이 들리는 후배였다.

근데 참? 참이라… 왜 참? 그저 담백한 자리였고 술 몇 잔 주고, 덕담 몇 마디 했을까? 근데 참? 이놈 봐라. 말로 살짝 사람을 후리네?

"선배님, 어제 잘 들어가셨죠? 선결제를 해주신 거 많이 감사합니다."

며칠 전 내가 만든 술자리에 들르신 선배에게 내가 보낸 문자 메시지다. 요즘 들어 알게 됐다. 나를 좋게 봐주시는 선배님이다. 선배가 자리에 계신 동안 분위기도 더 풍요로웠고, 먼저 술값의 일부를 내고 가신 것을 나중에 계산할 때 알게 됐다. 바텐더 역시 그런 적절한 계산 방식과 젠틀한 태도에 감탄하고 있었다.

근데 잠깐, 많이? 선배에게 문자를 보내고 나서 문득 나는 15년 전이 떠올랐다. 많이라… 왜 많이? '너 말해봐. 그냥 감사해도 되잖아.'

나는 곧 알게 됐다. 에고ego가 썼구나. 사랑 많이 받고 싶어서, 인정 많이 받고 싶어서. 고마운 것을, 많이 아는 사람인 것을 많이 알아주기를 바라서. 그래서 선배님의 마음을 많이 후리고 싶었구나.

과연 선배님은 어떻게 받아들이셨을까.

촌스럽게

견혜경

—

그림 작가

• 촌스레

촌스레

어울린 맛과 세련됨이 없이 어수룩하게

글자 만든이 • 최지원

내가 사는 곳은 읍, 면, 리 대충 '촌'으로 불리는 곳이다. 주변은 그냥 풀, 나무, 밭이 널린 말 그대로 시골 그 자체다. 시내도 아니고 읍내라고 부르는 곳에 나가려면 집 앞에서 배차 간격이 30분인 버스를 기다렸다가 타고 1시간이 걸려야 갈 수 있다.

친구와 약속이 있는 날에는 일찍이 일어나서 나갈 준비를 한다. 입을 옷을 고르고, 휴대전화 앱으로 버스가 언제 오는지 확인한 다음에 집에서 나온다. 버스가 전 정류장에 있으면 후다닥 나가서 버스 기사 아저씨에게 내가 이 버스를 타겠다고 손을 흔든다.

버스에 타고 나면 나보다 훨씬 전 정류장에서 탄 사람들을 볼 수 있다. 내가 타는 버스에는 나이 든 승객이 많은 편이다. 짐도 많고 연령대가 높으신 분들이 양손에 한가득 짐을 들고, 수레도 들고, 가끔은 라디오도 들고 타는 어르신도 계신다.

버스 기사 아저씨는 타시는 분들을 다 기다리느라 어르신들이 짐을 다 옮기고 자리에 앉을 때까지 출발을 안 하신다.

'아, 나 약속에 늦을 것 같은데….'

끼익 하고 문이 열리고 승객이 다 앉을 때까지 백미러로 확인한 다음에야 버스 기사님은 출발하신다.

여러 정류장을 지나다 학교 앞에서는 교복 입은 학생들이 올라탄다. 교복 치마를 짧게 줄여 입은 학생들이 치마폭이 좁아서 계단을 오를 때는 옆으로 올라탄다. 가방에 인형 열쇠고리를 주렁주렁 달고 타는 모습을 보며 내가 고등학생 때와 교복 줄이는 유행은 비슷하구나 하고 생각한다.

시장을 지나면 어르신들이 짐을 많이 가지고 내리신다. 할머니, 할아버지들이 대파, 양파 등 뭔가 잔뜩 든 비닐봉지를 번쩍번쩍 들고 내리신다.

드디어 버스 안에 촌스러운 라디오카세트 소리가 없어졌다. 이제 버스가 빨리 달리겠다! 번화가를 지나면 예쁘고 멋있게 입은 사람들도 많이 탄다. '시골 버스지만 다들 세련되고 멋있게 하고 다니는구나.' 지나갈 때 좋은 향도 나는 것 같다. '저 옷은 어디서 팔지? 머리는 어디서 했을까?' 속으로 저 사람이 내 옆에 앉았으면 좋겠다고 생각도 한다.

'아, 내 옆을 그냥 스쳐 지나가네?'

이제 내가 내릴 정류장이다. 버스 뒷문 앞에 서서 거울을 본다.

'오늘 촌스럽게 입었나? 촌스레 굴지 말아야지.'

부지런한 사람들의 말

전
윤
혜

자유 기고가

• 틈틈이

겨를이 있을 때마다

글자 만든이 • 최지원

"대신 틈틈이 구상할게요!"

넉넉한 마감 날짜를 더 미룬 게 못내 마음에 걸려 한마디 덧붙였다. 이 원고가 중요하다는 걸 잊지 않을게요, 하는 마음도 실어서. 실은 그다지 바쁜 사람이 아닌데 갑자기 바쁜 척하기 머쓱한 마음도 컸다. 몇 달을 쉬다가 갑작스레 일이 몰린 때였다. 불과 한 달 전만 해도 틈밖에 없던 삶이 이제는 일과 일 사이를 비집어 그 틈에 생각을 해내야 한다니. '틈틈이'란 말이 낯설었다.

그것은 부지런한 사람들의 말이었다. 게으르다고 자책하면서도 여전히 게으르게 사는 나와는 거리가 먼 말. 자음과 자음을 빽빽하게 쌓아 올린 듯한 음절을 무려 반복까지 하는, 생김새조차 바쁜 말. 이렇게 같은 소리를 반복해 만든 단어를 '첩어'라고 한다. 예를 들어 겹겹이, 줄줄이처럼 말이다. 상상해보자. 겹겹이 혹은 켜켜이를 들으면 어떤 이미지가 떠오르는지. 어떠한 겹이나 켜가 정말로 쌓여 있는 것 같지 않은가? 틈틈이도 그렇듯 틈을 모아 생겼다. 틈을 모아 모아 강조하다니. 그 틈이 '틈을 내기 어려운 삶 속의 틈'처럼 느껴진다면 비약일까.

생각을 바꿔보기로 했다. 남편에게 프랑스어로 '틈틈이'가 무엇인지 물었다. "de temps en temps"이란다. "드 텅 정 텅은 '가끔' 아니야?", "'틈틈이'란 말도 돼." 아니, from time to time이라니. 생긴 것마저 성긴 이 단어들은 쓰임도 '종종', '이따금'처럼 성긴 뜻으로도 쓰인다. 'du temps libre 여유 시간'라는 느긋한 표현을 쓰기도 하고. 영어도 그렇다. in one's spare time. 이럴 수가. 이네들은 '시간'을 말함으로써 그 사이의 틈(아니 여유)을 암시하는 것이었다. 틈을 강조함으로써 그 외의 시간이 무언가에 점유돼 있음을 암시하는 우리말과는 반대다.

부사 하나만 이야기했을 뿐인데 각 나라 사람들의 특성이 느껴진다. 틈이란 이야기를 들으면 어떤 모습이 먼저 떠오를

까? 틈은 '치고 들어오거나', '메우는 것' 아닐까? 무언가 갈라진 자리여서 그렇다. 심지어 '틈이 많다'는 표현은 어떤 허점처럼 느껴지기도 한다. 틈이 부정적 이미지를 담고 있는 것일까? 갈라진 벽을 메우고 벌어진 이 사이를 붙이고 주름을 펴며 살아가는 우리에게 틈은 어떠한 불완전함을 상징하는 것일지도 모른다. 아, 이러한 불완전함이 부정적 이미지로 와닿았던 거구나. 외국에서 살며 외국인의 관점으로 보니 더욱 깨닫게 된다. 우리에게는 보이는 틈을 메꾸지 않으면 완벽하지 않다는, 어떠한 완벽주의의 완전한 목표를 그리는 기질이 있다는 게. 그걸 단기간에 잘할 수 있으면 환상이지. 똑 떨어지도록, 매끈하게, 시간을 효율적으로, 생각 또한 효율적으로. 자음과 모음을 조합해 하나의 음절을 만들어내는 한글이 세상에서 가장 효율적인 문자 체계인 것처럼, 마치 '드 텅 정 텅' 이란 긴 단어가 틈틈이 세 음절로 축약되는 것처럼.

한국에서 살았던 나는 기다리는 것을 잘하지 못했다. 틈 또한 견디지 못했다. 일하느라 바빴고 한편으로는 그 일과 일 사이의 틈마저 무언가를 해야만 했다. 미술관에 간다거나 근교 여행을 떠나거나 독서 모임을 한다거나 하는, 다시 말해 자기 계발 같은 일들. 보이는 틈을 메워야만 나 잘 살고 있구나, 하는 생각이 들었다. 아무것도 하지 않는다는 것은 마냥 시간

낭비처럼 느껴졌다. 소파에 누우면 하다 못해 추천 명화라도 틀어 놓아야 했고, 청소하면서도 교양 팟캐스트를 틀어 놓아야 마음이 편했으니 말 다했다. 왜 그랬을까. 그래야만 뒤처지지 않을 거라고 생각했다.

프랑스 그것도 남프랑스에 살고 보니 모든 것이 기다림의 연속이다. 은행에 가는 것도, 병원이나 구청에 가는 것도 온통 약속을 잡고 기다려야 하고 옆 도시에서 집으로 가는 버스는 딱 한 대가 30분에 한 번 온다. 차가 없는 나는 기약 없이 버스를 기다리느니 가끔은 기찻길과 바닷길을 따라 한 시간을 걸어 집에 간다. 사람들은 마트가 가깝거나 편의 시설이 잘된 곳보다 경치 좋은 산 중턱에 마을과 마을을 이루며 산다. 한국에서는 점심시간에 틈을 내 병원이나 은행을 가고 주말에 짬을 내 여행을 갔지만, 이곳 사람들은 틈 속에서 무엇을 하기보다는 무엇을 하려고 충분한 시간을 낸다. 무엇이 더 행복한 삶이라고 말할 수는 없다. 그저 다른 삶의 방식이다.

이제는 틈이 먼저 보이기보다는 그 틈을 만드는 시간이 보인다. 처음 이곳에 와서 프리랜서 일을 시작할 때는 눈앞에 보이는 무수한 틈에 초조한 순간이 대부분이었다. 느리고 설핀 일상 속에 살다 보니 일이 없을 때는 없는 대로 여유를 가지게 되었다. 틈이 성기어져 자연스레 일상이 되었다. 내게는 이러한 방식이 더 잘 맞다.

그러므로 틈틈이는 내 말이 아니다. 부지런한 사람들의 말이다. 어떠한 일을 하며 살면서 그 사이 틈을 내어 또 다른 일을 해낼 수 있는 이들의 말. 그런데 틈을 내어 무엇을 하지 않는다는 게 게으르다는 말도 아니다. 그저 그렇게 하는 사람이 부지런하다는 아름다운 말이다. "틈틈이 하겠다."라고 말하면서 그것이 생경하게 느껴질 정도로 게으르게(아니 '여유롭게'라고 하자) 살다 보니 그렇다. 부지런한 것만이 미덕이라 여기고 보이는 틈마다 메우려 했던 나를 돌아보니 더욱 그렇다. 틈틈이 무언가를 한다는 것은 그저 조금 더 부지런하다는 뜻이다. 그 틈을 무리해서 메울 필요는 없다. '드 텅 정 텅', '뒤 텅 리브르'를 되뇌어 보니 그렇다.

부사의 글자 만든이는 대전대학교 커뮤니케이션디자인학과 강현수, 김강한, 김서진, 김수민, 김유리, 김정연, 김혜수, 남다영, 박규현, 박수희, 박정우, 안지은, 이수민, 이수연, 이윤지, 이예빈, 이효정, 유지수, 진재형, 최원주, 최정인, 최지원입니다.

부사스럽게

부사 사전

초판 1쇄 발행 2021년 12월 6일

편집 김유정
디자인 피크픽
디자인도움 김강한 박규현 이윤지 최원주 최지원

펴낸이 김유정
펴낸곳 yeondoo
등록 2017년 5월 22일 제300-2017-69호
주소 서울시 종로구 부암동 208-13
팩스 02-6338-7580
메일 11lily@daum.net
ISBN 979-11-91840-23-0 03810